诗

离心最近

雪下大了，世界就干净了

丘树宏 著

SPM
南方出版传媒
广东人民出版社

· 广州 ·

图书在版编目（CIP）数据

雪下大了，世界就干净了 / 丘树宏著. —广州：广东人民出版社，
2018.6（2018.10重印）
ISBN 978-7-218-12927-3

Ⅰ.①雪… Ⅱ.①丘… Ⅲ.①诗集－中国－当代Ⅳ.①I227

中国版本图书馆CIP数据核字(2018)第127242号

XUE XIA DA LE,SHIJIE JIU GANJING LE
雪下大了，世界就干净了
丘树宏　著

出 版 人：肖风华

责任编辑：李锐锋　刘　颖
装帧设计：蓝美华

统　　筹：广东人民出版社中山出版有限公司
执　　行：何腾江　吕斯敏
地　　址：中山市中山五路1号中山日报社8楼（邮编：528403）
电　　话：（0760）89882926　　（0760）89882925

出版发行：广东人民出版社
地　　址：广州市大沙头四马路10号（邮编：510102）
电　　话：（020）83798714（总编室）
传　　真：（020）83780199
网　　址：http://www.gdpph.com
印　　刷：广州市岭美彩印有限公司
开　　本：787mm×1092mm　1/32
印　　张：8.375　　字　数：156千
版　　次：2018年6月第1版　2018年10月第2次印刷
定　　价：39.80元

如发现印装质量问题影响阅读，请与出版社（0760-89882925）联系调换。
售书热线：（0760）88367862　邮购：（0760）89882925

重印序

　　拙著《雪下大了，世界就干净了》从编辑、出版、发行，到第二次印刷的过程，时间不长，也就是三个月而已，但却很值得回味。说白了，就是让我对当今的出版业和出版市场有了一个崭新的认识。我愿意借此书重印的机会与大家分享一下。

　　其实我今年原本是没有计划出版诗集的，而是想延续近几年的思路和做法，争取多创作一些大型的作品。今年是改革开放四十周年，我的创作任务和文化项目很多很重，没有时间和精力整理、编辑以往的诗稿。但是，广东人民出版社却专门找到我，说："你的'大诗'、大作品已有很大影响，人们也一直将你列入主旋律'大诗人'的范畴，殊不知你的'小诗'其实也很棒，数量也很多，不如我们来帮你出版，以消除人们以为你只写'大诗'而不写'小诗'的误解。"出版社还说尝试用完全市场化的办法来运作。

　　出版社的诚意和执着打动了我。一个月后，我将近十年来写的"小诗"找出来交给了出版社。由于资料比较散乱，并没有找齐，但也有近三百首，当时自己定了一个书名叫《远方的远方》。没有想到出版社很认真，一周后就带着一份编辑意见清单又来到我的办公室与我相商。他们根据目前的市场情况，遴选出 180 多首，编成六辑，并建议用我其中的一首诗歌标题《雪下大了，世界就干净了》（以下简称《雪》）作为书名。他们说："按照现在的出版市场，书的质量当然是第一位的，但书名也至关重要，因为读者对作品的第一个直观印象，就是书名，因此一定要吸引人。"为了这个书名，他们草拟了五六个方案，在北京、广州、中山的编辑同事中进行无记名投票，结果《雪》的得票最高。我心里觉得书名偏长了些，但看到编辑们那么认真，又是市场化运作，也就同意了。

接下来就是封面设计、编辑校对，书出得非常顺利，恰好赶上了 7 月的中山书展和 8 月的南国书香节。出版社建议要做做营销策划和宣传，比如举办新书发布会或签售会等，但我希望看看随行就市的情况如何，故而没有同意。即使这样，在两个书展中，《雪》都受到了比较高的关注，销售情况不错。到了 9 月初，出版社说销售上了当当网、京东网的排行榜。9 月 9 日，"百城读书沙龙（广州站）相约读书、共赏美好时光"之"来花城读诗"活动在广州购书中心举行，组织者选中了《雪》作为重点推介。这一活动对《雪》的销售起了推波助澜的作用，直接引发了国庆节期间《雪》的销售在当当网等的排行榜中名列前茅。至此，诗集基本售罄。

现在想起来，出版社的运营还是有一些门道的。就《雪》来说，首先是书名定得好，比较新颖，读者一看到就会产生兴趣。其次是封面设计也很吸引人。第三是出版社的一些独特的宣传推介比较巧妙。第四才是书中的作品比较好，大多是短小精干甚至是微型诗，主题和内容与民众的生活接近，语言精练、形象而活泼，让读者喜欢。

　　《雪》第一次印刷时，我的后记标题是《小诗也许会有意想不到的大收获》，今天果然应验了。看来，不管什么事情，只要用心做，一切均有可能。信然！

丘树宏
2018 年 10 月 11 日

代序｜每一首诗都是我生命的年轮

用一个一个的方框字
码成一行一行的句子

每一个汉字
每一个标点
你都可以
看到我的意趣
找到我的身影
摸到我的心跳
还有流动的血液
以及温暖的情感

我还留下了一些
长长短短的空白
衬托出平平仄仄
抑扬顿挫的韵律

每一首诗
都是我生命的年轮

目 录

第三辑　面对诗歌，我泪流满面

第六辑　戈哈德爷爷的中国情结

附　录

后　记

第一辑

清空心事，只装你

心大了，梦想缥缥缈缈摸不到底

心重了，人生多了烦恼少了乐趣

感谢你此刻走进我心里

让我清空心事，只装你

时　间

种子与果实的时间
是四季

高山与大海的时间
是江河

白天与夜晚的时间
是日月

人类与自然的时间
是生命

而我与你的时间啊
是爱情

清空心事，只装你

走过多少日日夜夜
走过多少阳光风雨
心啊心，
装进了天装进了地
装进多少大小秘密

心大了，梦想缥缥缈缈摸不到底
心重了，人生多了烦恼少了乐趣
感谢你此刻走进我心里
让我清空心事，只装你

给他，给她

给他，
他是天，
天行健；
给她，
她是地，
地势坤。

给他，
他是山，
山巍然；
给她，
她是河，
河辽远。

给他，
他是太阳，
阳光灿灿；
给她，
她是月亮，
月色绵绵……

夏　天

既然
夏天是
太阳的季节
干脆就和
太阳一起
点燃
我们的心火
灿烂
每一个生命
照亮
每一份爱情

爱——愛①

什么都可以简化
就是你不能简化

亲爱的"愛"啊！
什么时候
我们能将
简化掉的
"心"
归还给
你……

雪下大了，世界就干净了

———————————

① "愛"为"爱"的繁体字。本诗特用"愛"。

念　想

念想是分离久久，
念想是路途茫茫，
两人不在一起，
所以才有念想。

而我就在你身边，
而你就在我身旁，
我还是念想，
你也在念想。

哎呀喂！
不知道，
这种念想，
是不是正常？

盗火者

就这样从我这里，
一把一把地，
将我的火盗去吧，
你这个盗火者！

一把一把的心火，
将你燃烧成一个炽烈的太阳，
而熊熊的火光，
将我映照成一个皎洁的月亮。

然后，我们共同孕育出，
一群群闪烁的星星，
让她们簇拥着我们，
欢呼跳舞歌唱。

于是，一个崭新的族系，
就诞生在这纷繁的宇宙之上，
生生不息，茁壮成长……

"120"：生命与爱的呼号

多少次紧急的呼叫，
多少次蓝色的呼啸，
多少个生命啊，
从那个世界的边缘，
又回来了回来了，
多少个出窍的灵魂，
又回来了回来了。

啊，120，
你这生命的呼叫。
深藏在心中，
总有一种热切的预料——
什么时候，
你能变成爱的呼叫？
让已经沉睡的情愫，
在你的呼叫下，
萌生出爱的火苗，
让曾经遗忘的感觉，
在你蓝色的呼啸中，
又开始爱的燃烧。

让秋风不再漂泊出孤独寂寥，

让老树又挺拔起翠绿的身腰，

让风雨打湿的翅膀重新翱翔，

让矜持封闭的心灵注满年轻的欢笑，

让苍苍茫茫的天地，

有火红火红的鲜花，

跳起潇潇洒洒的舞蹈。

从此啊，

所有的生命都永葆青春，

所有的爱都永远不老……

爱情：战争与和平

有人总是说，
每一场爱情，
都是一场战争，
不是侵略别人，
就是被别人侵略。

我说啊，
若将爱情看做战争，
也最多是自己和自己的较劲，
或者为身，
或者为心，
或者为了这两者之间。

从来没有胜败，
从来没有输赢，
不管离合，
无论悲欢，
不管深浅，
无论长短，
都是一个目标——
不是战争，而是和平。

当年那一场大雪

据说
当年那一场大雪
是我那个穷山乡
有史以来
最浩盛的
一场大雪

就在这场大雪中
你孤独地出走了
让我年轻的人生
也下了第一场
最浩盛的大雪

野外
那苍苍茫茫的大雪
又有什么了不起呢?
我心中的大雪啊
比她更冷
更冷……

对　月

深秋的夜
空旷地走着
星群成路
闪烁如歌

攀援着神秘的夜色
在星与星之间跳跃
跌落在月亮的峡谷
竟沉醉得不能醒觉

血性的心灵
顿时洋溢起
阳光的快乐

幸　福

小时候的幸福
是妈妈常常饿着肚子
却依然用贫瘠的乳汁
哺育大了我
是爸爸走过坎坷的人生
却将欢乐和知识
传授给了我
是聪明伶俐的妹妹
选择了务农劳动挣工分
却将读书的机会
让给了我

而今天的幸福
是我喜欢你
你却将一生
都给了我

立　夏

说到底
立夏
其实就是
给人类
加温的
日子

那么
从今天
开始
就让
我们一起
给我们的
爱情
加加温吧

雪　恋

什么时候你去了漂泊，
还是我去了流浪，
今天，我俩在这里
遽然邂逅，
你纯洁依然，
我却已载满沧桑。

我轻拥你入怀，
你轻抚我的脸庞，
那首远逝的儿歌，
便化作白色的精灵，
在天空上飘洒飞扬，
把大地写成一片苍茫。

一把一把地掬你，
堆成儿时的模样，
少年的情怀啊，
又开始了
可爱的梦想……

雪下大了，世界就干净了

16

七夕（之一）

那一座
窄窄的鹊桥
只是为牛郎和织女
搭建的

而今天
却有那么多的红男绿女
要挤上去
搞成了一个
群体事件

我就不去
凑这个热闹啦
还是做一个
搭桥的喜鹊吧
为爱搭桥
见证爱情
不也是
一种
爱
吗?

七夕（之二）

你的七夕，
依然年轻；
我的爱情，
却已经老了……

七夕（之三）

有真爱的人
纵使银河断了
心中也有
永远的鹊桥

无真爱的人
即使鹊路巍然
在他心中
也总是断桥

博　爱

你是高远的天空
你有天空一样高远的博爱
千万朵白云向你簇拥
簇拥出比天空更加高远的胸怀

你是辽阔的土地
你有土地一样辽阔的博爱
千万个生命向你融合
融合出比土地更加辽阔的风采

你是耸立的山峰
你是蔚蓝的大海
千万棵树木向你敬礼
千万个波浪向你喝彩

向你敬礼
你让博爱的山峰越来越巍峨
向你喝彩
你让蔚蓝的博爱走向人类的未来

让我的生命为你燃烧

为了你的天空
不再有黑暗笼罩
来吧，让我燃烧
让我的生命为你燃烧
哪怕是最后一丝微光
也要带给你爱情的照耀

为了你的大地
不再有寒冷呼啸
来吧，让我燃烧
让我的生命为你燃烧
哪怕是最后一丝温暖
也要带给你深厚的拥抱

为了你的心灵
不再有苦难煎熬
来吧，让我燃烧
让我的生命为你燃烧
哪怕是最后一丝能量
也要带给你希望的微笑

珍藏你

总是记得那一次
你的声音飘进我的耳朵里
绕梁三日，经久不息
银铃一样好听
珍藏成我永远的记忆
啊，珍藏你，珍藏你

总是记得那一次
你的眼神照进我的脑海里
入木三分，和风习习
阳光一样热烈
珍藏成我永远的信息
啊，珍藏你，珍藏你

总是记得那一次
你的拥抱刻进我的心灵里
胜过三春，勃发朝气
草木一样生长
珍藏成我永远的尘世
啊，珍藏你，珍藏你

总是记得那一次

你的爱情走进我的生命里

有幸三生，阳光风雨

日月一样神圣

珍藏起永远永远的你

啊，珍藏你，珍藏你

珠海情侣路

（一）

我来了
没有带上
一个情侣

哦，渔女
你愿意陪我
走一走吗?

（二）

一对一对的情侣
走出了一条
蜿蜒的爱路

又有谁能让
海边那个渔女
走出千百年的
孤独

爱在雨季

每当雨季
到来的时候
我的爱
就是那一行
弯弯曲曲的足迹

从我住的地方
一直延伸到
那个小小的
窗口下
深深浅浅
湿湿漉漉

"一夜情" ^①

空中飘过

一丝一缕

若隐若现

这是大海的味道

是日和月的风韵

品之尝之

满口生香

不咸不淡

这是闸坡的味道

是海陵岛的灵魂

一夜情

不了情

一旦相遇

永生留恋

———————

① "一夜情"乃广东阳江地区一带著名的海产名菜。

你是我永远的远方

一片片的蔚蓝泛出神光
四季的景色在诱惑着我
浮在天空上的那一片云朵
好像在呼唤又似乎在诉说
让我想起当年的青葱岁月
鲜花似开未开却咀嚼涩果

原来，你就是我的远方
从未谋面只在梦中见过
双脚曾经走过你的土地
足迹却早已被记忆淹没

你让风雨来邀约
你让阳光来嘱托
而你是我永远的远方
是我灵魂羁囚的居所
总是难以抵达你的心岸
任由黄金季节一再错过
在走向你的旅途上
我沉重的步履
总是蹉跎复蹉跎……

西湖边的爱人

曾经多少次交谈过
许公子和白蛇青蛇
曾经多少次期待过
苏堤断桥和雷峰塔

今天，三潭印月
才第一次与你对话
波光潋滟的湖水
映照出你诗意的脸颊

一条紫色的围巾
好像透迤出你
心里的嗔骂
啊，不要说我没有来
你头上那一簇簇红枫
就是我化成的
一片片红霞

小河边的竹林

片片青翠点亮了眼眸
潺潺流水传来了梦呓

那是孩提时候的迷藏
你躲我藏天真的游戏

当年的你我春华正茂
未果的初恋遗落这里

而家乡的小河和竹林
却已成为伤感的记忆

❋
＊

桃花新娘

是谁陶醉了春风?
是你红红的脸庞。
是谁陶醉了春雨?
是你红红的衣妆。
啊,桃花新娘,
红红的桃花新娘。

你红红的脚步走遍山坡田野,
你红红的身影照亮村庄部落,
蓝天白云映衬出红红的依恋,
河流溪水流淌着红红的声响。
啊,桃花新娘,
红红的桃花新娘。

你是这里红红的爱,
你是这里红红的光,
你是这里不朽的故事,
你是这里永恒的希望。
啊,桃花新娘,
红红的桃花新娘。

三亚，爱情的流放地

如果爱我

就请把我

流放到这里

流放到三亚

啊，三亚

爱情的流放地

让我们一起浪迹天涯

让我们一起海角蜗居

与大海蔚蓝地颠沛

与天空灿烂般流离

心是阳光

燃烧四季

生命似山

年年长绿

灵魂相守

如歌如泣

如果爱我

就请把我

流放到这里
流放到三亚
啊，三亚
爱情的流放地

雪下大了，世界就干净了

第二辑

雪下大了，世界就干净了

你这白盈盈的雪啊

原来是世间的天使

下吧，下吧

雪下大了

内心就安静了

古陶瓷

上帝
将泥土
捏成人类

人类
将泥土
捏成历史

端　砚

即使在那深深的土层下
你也是飞翔的精灵
一只只清澈的眼睛
总是默默地散发出
深藏的光明
如膏似脂的身躯
总是静静地守护着
处子的清纯

而当你化作女娲的依托
你千年的古朴
就给无尽的天地人
注入了如诗的风流
你远古的缄默
就给历史的时空
注入了大写的生命

沉　默

面对江河
高山无言

面对天空
大地无言

面对着你
我也无言

不是不想说
而是有时候
沉默
比说话更难

雪下大了，世界就干净了

无题（之一）

你悲伤时
我是流在你脸上的
两行眼泪
一行是黄河
一行是长江

你孤独时
我是站在你身边的
两个兄弟
一个是黄山
一个是泰山

你成功时
我是跟在你身后的
两位朋友
一位是阳光
一位是祝福

无题（之二）

为了走出
你的阴影
你愿意接受
失去光明的
代价吗?

雪下大了，世界就干净了

❈
✳

灵　魂

看不见

摸不着

来无影

去无踪

甚至说

你从来

就没有

存在过

然而

为什么

人们总是说

相对于生命

你的份量

更重、更重

城·乡

城市
是一个
失眠的
文艺青年
每分每秒
都在亢奋的
创作之中

山村
是一个
睿智的
耄耋老人
日日夜夜
都在沉静的
冥想之中

我的梦

（一）

当我

是一滴露珠

山溪

是我的梦

当我

是一泓溪水

小河

是我的梦

当我

是一条小河

江

是我的

梦

当我

是一道江

海

是我的

梦

（二）

当我

是一棵树

高山

是我的梦

当我

是一座山

大地

是我的梦

当我

是一片大地

天空

是我的梦

当我

是一方天空

宇宙

是我的梦

旅　行

所谓旅行
其实就是人生
一次又一次的
梦游

交通工具

（一）
出生时
带来的
交通工具
是双脚

离世时
带走的
交通工具
也是双脚

（二）
人生的
交通工具
千千万万
万万千千
只有双脚
永远伴你
丈量人生

玩　火

远古的时候
我们的祖先
燧人氏
有一天玩石头
玩着玩着
就玩出了火儿

也有人说
是古代一位圣人
看见鸟啄燧木
出现火花
就折下燧木枝
来钻木
钻着钻着
就钻出火来啦

无论哪种说法
人类的火啊
都是祖先
玩儿出来的

然而
今天的我们
可不能随便
玩火啊！

雪下大了，世界就干净了

❄

46

好　人

你说从什么时候开始
在我们的周围
好人
开始少了

哦，如果我，能够培育
好人
我愿意
让自己受孕

无论
十月的怀胎
一朝的分娩
如何的痛苦
我也
心甘，情愿

人生的闹钟

小时候，
人生的闹钟是学校；
不管春夏秋冬，
天天要起早。

年轻的时候，
人生的闹钟是爱情；
无论风霜雨雪，
约会莫迟到。

中年的时候，
人生的闹钟是事业；
即使再苦再累，
状态都要好。

老年的时候，
人生的闹钟是健康；
每天朝朝晚晚，
慢慢跑一跑。

人生的闹钟啊，

天天都要调一调。

调好它人生少遗憾，

调好它人生多欢笑；

调好它人生有精神，

调好它人生步步高！

故　乡

所谓故乡
其实就是
自己心中
永远回不去的
那个
梦

雪下大了，世界就干净了

乡　魂

当我
耕田的时候
乡魂
就在我的
锄头上

当我
考进了大学
乡魂
就在我的
笔杆下

当我
走进了城市
乡魂
只能在我的
梦里

双皮奶

一小碟
一小碗
一小匙
摆成一份
自己的盛宴

双皮奶
炼成浆
凝成膏
做出一份
童年的回忆

功夫茶

一方小小的茶几
几只小小的茶杯
一只小小的茶壶
几个知心的朋友

一场茶的道场
就这样做成
另一套
中国功夫

鹰（之一）

既然选择了飞翔
惊险
就成了永远的宿命

悬崖是家云雾为伴
无论阳光普照
还是风雨雷电

每一次惊险的翱翔
都是一次壮丽的新生

雪下大了，世界就干净了

鹰（之二）

选择
惊险的宿命
却从来不会孤单

雨天
有小小的精灵
光临陡峭的石岩

晴天
有可爱的天使
守护飞翔的路程

每一个夜晚
都有呢喃的童话
走进美丽的梦幻

而每当拂晓来临
远方总有一道霓虹
发出七彩的召唤……

鹰（之三）

那棵临崖站立的树
是你永恒的感恩
那是你的华盖啊
风雨中是屏障
烈日下是浓荫

每当你远行的时候
它是你家的旗旌
迎着黄昏的余晖
向你眺望
向你凝视
向晚归的你
标志出家的方位
摇曳出家的温馨

雪下大了，世界就干净了

❋

插　秧

有时候，
退就是最好的进——

退啊，退，
退一步，
就退出一棵青绿；
退一行，
就退出一片生命。

退啊，退，
退一步，
就退出一个道理，
退一片，
就退出一片天地。

退啊，退，
退一步，
就退出一个美丽的音符；
退一行，
就退出一支生命的进行曲。

儿童节偶感

都知道

童年

是留不住的

留住了

就是没长大

那就让我们

留住童心吧

留不住童心

即使年轻

你也老了

雪下大了，世界就干净了

❋

磨 难

什么磨难啊，困苦啊，
你放马过来!
什么艰辛啊，坎坷啊，
你于我何奈!

嗬嗬!
一段一段的
曲曲折折，
一个一个的
刀山火海，
其实都是给
未来的自己，
准备一桌一桌
丰盛的下酒菜!

飞翔与栖息

鹰
不管飞得
比山顶
再高再高
也只能在
比山顶
矮的地方
栖息

远　方

远方
之所以为远方
是因为你
总在遥望

出发吧
只要你一起步
远方
就在你的脚下

沉香三题

（一）
雷霆电击，
风吹雨打，
吐纳出，
日月精华。

钻穿锯切，
凿刻刀剐，
生长成，
天地奇葩。

焚你烧你，
香弥天涯，
半醉半醒，
梦真梦假，
只想问一句：
那年的伤，
疼吗?

（二）
山岚飘来了，

江风吹来了，
海浪涌来了；
山啊江啊浪啊，
碰撞到一起了！
风啊雨啊电啊，
融合在一起了！

袅袅上天，
徐徐拂地，
款款润人；
接三界，
烟氤氲；
天地人，
一线牵。

醉的是你，
醒的是你，
梦的，
还是你……

（三）
每当
你的氤氲升起
我整个的世界
就静了下来

母亲的子宫

母亲啊
多想回到
你暖暖的子宫
再享受一次
那纯之又纯的
生命的
日子

心的绿洲

在心中
架一座桥梁
你就能跨过
所有的江河

在心中
装一双翅膀
你就能飞过
所有的坎坷

在心中
立一个梦想
你就能胜过
所有的传说

只要心中有绿洲
你的人生
就永远没有沙漠

咸淡水

天上落下的雨
土地用你滋润方圆

太阳放射的光
月亮用你照亮夜晚

长江吹来的风
南海用你谱写蔚蓝

这悠悠的咸淡水哟
女人用它做了心
男人为它着了魂

你的村庄并不遥远

点横竖撇捺
每一行诗句
都是回家的路

行草走龙蛇
每一个汉字
都是一间祖屋

红黄蓝加减
每一幅丹青
都是儿时天地

你的村庄并不遥远
在心里
在梦里

雪下大了，世界就干净了

你这六角形的雪啊
原来是自然的精灵
下吧，下吧
雪下大了
世界就干净了

你这白盈盈的雪啊
原来是世间的天使
下吧，下吧
雪下大了
内心就安静了

雪后的阳光，像爱人一样可爱

经历了雪的干净
经历了雪的宁静
一夜的酣梦之后
我开始渴望光明

在那东方
红红的旭日升起来了
看哪，看哪
雪后的阳光
像爱人一样可爱
她用金色的手指
梳理出灿烂的世界

这一刻
人类笑了

我是一只流浪猫

　　元月 28 日晚，与香港乡贤蔡先生共饮。蔡先生说起家里养了三只家猫，最近引来了三只野猫。夫人戏说三只野猫是喜欢蔡先生的女人化成来见他的，因此要先生负责抚养。

我愿化作
一只流浪猫，
住在你的家里。

喜欢听你叫唤的声音，
喜欢舔你喂食的手指。
你温暖的羁囚，
让我的感情不再流浪；
你轻轻的呵斥，
总是充满柔情蜜意。

每一天目送你出门，
每一晚为你默默守夜，
就是我最快乐的
日子。

雪下大了，世界就干净了

龙抬头

这一天
我是一只凤

借草木的生长
献上我的
翩翩舞姿
借雨水的淅沥
献上我的
呦呦鸣叫

就这样
在天地之间
演绎一出
龙凤呈祥的
故事

公　园

年少时
你是我的
迷藏

年轻时
你是我的
爱乡

年老时
你是我的
夕阳

雪下大了，世界就干净了

72

为来生的自己树一个榜样

既然
往生的遗憾
已经不能补救
那就好好过好此生
为来生的自己
树立一个
榜样

普洱吟

一叶千年远古，
含一片化儒正心。

一水金波荡漾，
喝一道立地成佛。

一壶香岚缥缈，
饮一口得道升仙。

第三辑

面对诗歌，我泪流满面

诗崇拜

——57 周岁生日感怀

当我对你
虔诚得
五体投地的
时候
不要以为
我是
朝圣膜拜的
新教徒

我只是
醉倒在了
你美妙的
诗行里

生命与诗歌

年轻时
我用诗歌
书写生命

年老后
我用生命
书写诗歌

当我死了
我将诗的生命
埋葬在坟墓里
而将生命的诗
刻成墓志铭

此刻
生命涅槃
诗歌重生

山水田园总是诗

孩提的时候
我看的风景是山水
我走的道路是田园

念书的时候
我读的学校是山水
我坐的课室是田园

恋爱的时候
我的梦想是山水
我的爱情是田园

如今我老了
我的生命是山水
我的灵魂是田园

石者，诗也！

每一颗石头，
都是一个标点，
都是一个文字；
每一颗石头，
都是一个词组，
都是一个句子．

每一颗石头，
都是一缕光，
都是一片雨；
每一颗石头，
都是一支歌，
都是一首诗。

在这里，我看见了
女娲补天的那块石——
斑斑驳驳，硕大无比，
承载者一个远古的故事。

在这里，我看见了
英格兰的巨石阵，

排列着一个永恒的谜；
还有希腊雅典的庙宇，
那些石头雕造的神奇。

在这里，我看见了
孕育孙大圣的仙石，
上面好像刻着我们的前世；
还有红楼梦的宝玉，
正捧着一块石头自言自语。

在这里，我看见了
海枯石烂的爱情，
点石成金的绝技，
石破天惊的梦幻，
金石为开的友谊……

你是活着的历史，
石者，诗也!
你是活着的生命，
石者，诗也!

雪下大了，世界就干净了

高原诗魂

这里，
是诗歌的家园——
世界上海拔最高的
诗歌的家园。

你离日月最近——
太阳给了你灿烂的诗句，
月亮给了你皎洁的标点；
你离生命最近——
花儿与少年给了你深情的韵律，
格萨儿史诗给了你心灵的礼赞。

悠悠的三江源，
是诗歌远古的源头，
高高的昆仑山，
是诗歌耸立的旗幡，
浩瀚的青海湖，
是诗歌澎湃的激情。

这里的风是诗的风，
这里的雨是诗的雨；

这里的树木，
摇曳的是诗的姿态，
这里的草原，
绽放的是诗的花朵；
这里的问候，
都是诗的问候，
这里的笑容，
都是诗的笑容。

而今天，
我们将五彩的诗魂，
驮在一只只矫健的雄鹰
那扶摇云端的翅膀上，
从此啊，
辽阔蔚蓝的天空，
就有了诗歌永远的翱翔；
神奇超迈的高原，
就有了诗歌不朽的歌唱！

山水诗，诗山水

山峰就是标点
田畔就是句子
江河画出段落
风雨唱出韵律
东西南北留下些空白
收藏进浩浩日月大天地

诗山水，山水诗
山山水水都是诗

标点连起村庄
句子伴着牧归
段落画出阡陌
韵律唱出朝晖
空白标志出东西南北
铺设出春夏秋冬彩云飞

山水诗，诗山水
天下诗歌是山水

中国诗·诗中国

中国诗，

是一个个美妙的方块——

一会儿象形，

象形出一个个鲜活的生命；

一会儿会意，

会意出一幅幅生动的遐想；

一会儿假借，

假借出一段段无限的空间。

这一个个美妙的方块啊，

铺成了九百六十万平方公里土地，

组成了黄皮肤黑头发黑眼睛，

垒成了巍峨的喜马拉雅山，

筑成了雄伟绵延的万里长城。

中国诗，

是一节节分行的文字——

一会儿齐整，

如同一支支列阵的队伍；

一会儿错落，

如同一座座起伏的山峦；

一会儿跌宕，

如同一排排滔天的波澜。

这一节节分行的文字啊，

记录了亿万年的历史变迁，

见证过人世间的风霜雨雪，

叙述着千姿百态的故事人文。

中国诗是风，

古朴粗犷，野趣纯真；

中国风是雅，

空灵精致，庙堂高清；

中国风是颂，

黄钟大吕，铜牙铁板。

从诗经、骈文到乐府，

从《楚辞》《离骚》到《天问》，

诗的精灵，

几乎与这个古老的民族一同命名。

自从屈原在端午时节，

飘进汨罗江上下而求索，

中国诗，

就在华夏的时空走向辉煌和经典。

那唐诗的悠扬韵律，

流淌成了长江、黄河，
流淌出李太白的豪放浪漫，
流淌出杜工部的旷世悲情；
那宋词的铿锵平仄，
敲打出了黄山、泰山，
敲打出易安居士的婉约流转，
敲打出了苏东坡的羽扇纶巾。

而百年来胡适之、徐志摩，
激荡起摧枯拉朽的风潮，
更使中国诗，
开始了从古老走向现代的新拐点；
更让诗中国，
开始了从自我融汇世界的新征程。

海 子

以生命的消逝
在黑色的土地
留下名字
在苍茫的天空
留下
诗

生命飘落
诗魂升起

乡 愁

——悼余光中先生

昨天
你说出了
多少人的
乡愁

今天
你成为了
多少人的
乡愁

"漂木"回家了

——悼洛夫先生

是的，

没有任何人能够

摆脱历史的裹挟，

一如你，

随着时空的风雨，

浪迹天涯。

说什么诺奖不诺奖，

那都是人们

制造的童话，

在诗经的殿堂里，

我们早已经供上

你的点横竖撇捺。

说什么诗魔不诗魔，

那都是人们

编织的图画，

因为风的缘故，

一段段曲折的脚印，

已坦露出你心的归化。

你将乡愁，

种成一棵

不沉的漂木，

做成生命的船，

今天，

回家，

回家……

面对诗歌，我泪流满面

曾经是句号的天涯
今天，已成为
人生的起点
在这里
谁都可以
找到生命的蔚蓝

曾经是告别的海角
今天，已成为
恋爱的港湾
在这里
谁都可以
成就爱情的永恒

今晚
谁用沉默
道破了浓浓夜色
谁用歌吟
掩饰了阵阵涛声

今晚

月一半
星点点
面对诗歌
我泪流满面

第四辑

时光是一条
永恒的河流

啊，地不老天不荒，
来到小镇不想走；
你我天长共地久，
时光是一条永恒的河流。

真想在这里读一辈子书

——写给宁波天一阁

人生的光阴葳蕤无数，
总会记得这么一个下午，
酷暑的雨后，
我走进了天一阁的深处。
几十年的膜拜遐想，
多少次的擦肩而过，
终于在你的心中停下脚步。

简约中的崇高巍峨，
巍峨中的简单质朴，
留下一个追问：
究竟为什么，
千千万万的文人墨客，
千百年的科甲制度，
给繁浩简帙筑起丰碑的，
却是一个兵部的武夫。

幽幽深深的园林，
迂迂回回的小路，
矮矮的青竹子，

高高的香樟树。
福禄寿撑起天地形制，
天地人写下日月宏图。
雨后的迷蒙中，
我依稀看见，
大学者黄宗羲，
整理着一卷卷目录；
生猛的九狮一象，
正在翩翩起舞。

然而我还是依恋
那一层二层的小屋，
爱那小小的东明草堂，
爱那草木茂盛的通月湖。
天一生水，
承之地六。
啊，天一阁，
什么时候，
我能永远留在你这里，
读一辈子的书？

我在温州与谢灵运相遇

芳菲四月的南风
将我从伶仃洋吹到温州的怀抱里
久违的阳光羞涩着
如同古老永嘉的微笑
湿润，和气

一位长须髯髯的老人向我走来
一副风度翩翩仙风道骨的样子
左手的《山海经》随着日升月落
右手的《诗经》捧出风雅颂的古天古地

他带我在悠悠南塘种下一棵棵香樟
驾起小竹筏让我在楠溪江荡漾钓鱼
攀登上雄浑巍峨的雁荡山
他点燃的檀香早已
在顶峰袅袅升起

听惯了白天做老板晚上睡地板的故事
看惯了所有崎岖路都有温州人的足迹
习惯了温州人翻江倒海闯荡世界的性格
温州人的形象就这样定格在了我的心里

原来啊，除了狮子般的生命犹太人的智慧
除了赚尽了美元欧元人民币各种各样的 Money
温州，也有山水
还有诗

雁荡山，我是你的一只小雁子

雁荡山，雁荡山
我是你的一只小雁子
你远古的爱情孕育了我
从此我生长在你美丽的传说里

我飞过灵岩的层峦绝壁
大龙湫的瀑声传送出我永恒的敬礼
当夜幕徐徐降临的时候
灵峰伴我走进神话的梦旅

雁荡山，雁荡山
我是你的一只小雁子
纵然远方有多少美好的风景
我都永远依恋着你，不离不弃

拨浪鼓

2014年11月20日，李克强总理在义乌参观电商第一村获赠拨浪鼓，12月8日，他将这一个极有象征意义的拨浪鼓转赠给了国家博物馆。今天到义乌，所见所闻，感触良深，遂成小诗以记。

咚咚咚

咚咚咚

一声声的拨浪鼓

让谷芽糖的香味

氤氲了古老的村庄

蔚蓝的天空

摇醒了村内村外

绿绿的小草

高高的树木

在母亲慈祥的目光下

捧出积攒一年的宝贝

心中的梦想

也陪着美丽的鸡毛

咚咚咚咚

飘向无名的远处

今天，我带着

儿时的记忆

来追赶你的脚步

来寻访你的典故

你说，孩子啊

你卖我的鸡毛

已经飞上天啦

而可爱的拨浪鼓

也摇进了京城首都

欣然走进了

青铜器的队伍

未名湖，我来迟了

一阵阵细细的太阳雨，
让五彩的奥运旌幡，
飘扬出一种未名的和风，
抚摸着我温热的脸；
一绺绺深绿的柳条儿，
让秋天妩媚的天空，
洋溢出一种未名的驿动，
叩打着我忐忑的心。

弯弯的小路是未名的漫步，
宽宽的湖面是未名的涟漪；
高高的博雅塔站立着未名的姿态，
灿烂的紫薇花开放着未名的神韵。
未名湖，
今天才相见的你我，
在彼此默默的对视中，
荡漾出同一种心情——
诗人，你来迟了……

在南京街头沐浴南海的阳光海风

都说你是一座石头城，
都说你是一个大火炉。
南京，
今天，我走过你的一条条街道，
却是金阳暖暖，
一片和风酥酥。

看那太平路，
蜿蜒，弯曲，
白云山的山脊，
时隐，时露；
三元里的村落，
点点，簇簇。
在那路的西头，
血红的残阳敲响暮鼓；
在那路的东边，
灿烂的朝霞呼之欲出。

看那中山路，
近接紫金山青岚，
远瞻五桂山浓雾；

古老悠扬的咸水歌，
从浩瀚的伶仃洋，
唱醒秦淮河千年踟蹰。
旭日东方升起，
晨钟响彻黄土；
金陵不再酣睡，
钟山走向通途。

走进珠江路，
好一派风光在此处！
银杏绿潮涌，
梧桐风帆矗；
天蓝蓝那是千里瀚海，
云朵朵那是万船竞渡。

看我十朝都会，
看我六朝古都，
观长江的波涛滚滚，
听珠江的风声呼呼，
共同的梦想啊，
在太平洋的上空，
站起铮铮铁骨，
站起英雄无数……

梦幻橘子洲

2013 年 7 月 27 日，长沙市委市政府举办橘子洲头"海上丝路"主题焰火晚会，其创意文字和解说词大部分来自本人大型史诗《海上丝路》。今天，再次登上橘子洲头，瞻仰着青年毛泽东巨像雕塑，不禁浮想联翩。

北去的湘江，
簇拥的浪头，
衬托起你的伟岸，
激荡起我的抖擞；
漫江依然碧透，
百舸竞相争流。
看啊，
橘子洲畔，
多少人中流击水，
多少次浪遏飞舟。

我将中年的梦幻，
寄托在夜晚时候；
借一条海上丝路，
承载起风华正茂。
五彩焰火写就烂漫，
醉人音响挥斥方遒。

大地不再苍茫，
天空一片锦绣。
来吧，朋友！
笑看今日世界，
我们共主沉浮！

寻梦浔龙河
——写在长沙市双河村

说你是农村，

看到的却大多是城里人；

红男绿女，花枝招展，

一辆辆私家车摆满了山路田畦。

小木屋成了城里人的家，

孩子们迷失在可爱的童勋营。

说你是城市，

这里的主人却都是农民；

春种夏耕，秋收冬闲，

四季的山花点缀着绿水青山。

男女老少住进了小别墅，

互联网连接起地球上最早的新闻。

昨天，一首英雄的国歌，

在这块热土上孕育；

今天，一个美丽的梦想

在这块热土上复兴。

半晴半雨登霍山

你在我的心头
已经生长了多少年
今天
我朝拜的脚步
终于亲吻到了
你红色的砂岩

每一座山头
都有一个伟大的高度
雄狮吼日
吼出霍龙的傲骨
沙僧拜寿
拜出赵佗的恭敬
酒瓮凌日
凌出苏轼的豪迈
船头观日
观出葛洪的道丹

太阳火一般燃烧
让心事湿了又干
让思绪近了又远

行走在陡峭的岩壁下

惊雷中的豪雨挥洒如川

我们竟然将雨声

踩在了脚下

远处的阳光

近处的雾岚

融会出一片

诗一样的梦幻……

汉阳造

汉阳造，造出一杆枪，
编钟的风骨莫邪的胆量，
一声惊雷打破沉重的夜色，
英勇首义推翻颤巍巍的帝王。

汉阳造，造出一个家，
木兰的忠孝晴川的暖阳，
江河交织汇集东湖的温馨，
桥垫飞架构建黄鹤楼的安祥。

汉阳造，造出一个国，
屈原的赤诚勾践的悲壮，
民主共和挽起南北的双手，
浴血奋斗带来共和国的曙光。

汉阳造，造出一个梦，
子期的弹奏伯牙的赞唱，
高山雄伟托起城市的崛起，
流水浩荡成就大武汉的梦想。

罗浮山

一登上你的巅峰，
满眼的葱茏，
就装饰成
我绿色的梦幻了。

分明是层峦叠嶂，
而心灵深处，
却总是荡漾出
海的感觉。

在你生命的环拥中，
我来不及留下
半行诗句；
恍惚中，
我好像看见了
仙风道骨的葛洪，
还在熬炼着
一千六百多年的灵丹——
那袅袅的烟霭，
迷蒙了巍巍的绝顶，
笼罩出一片

远古的神秘。

就这样
一路上走着走着，
忽然觉得，
我们竟然走成了
宋代那个
风流倜傥的苏东坡
日啖荔枝三百颗的样子。

青海湖之恋

多想做一朵白云，
飘动在你的上空，
俯瞰你的浩淼；
但漂泊的命运，
只会让我留下
梦幻的依恋。

多想做一只小鸟，
飞翔在你的山间，
遥望你的辽远；
但疲惫的翅膀，
只会让我留下
嘶哑的啼鸣。

多想做一尾鱼儿，
遨游在你的水底，
感觉你的深沉；
但柔软的拥抱，
只会让我留下
无踪的身影。

多想做一朵鲜花，
开在你的草原，
装饰你的蔚蓝；
但短暂的绚丽，
只会让我留下
季节的怀念。

多想做一只羔羊，
绵缠在你的湖畔，
啜饮你的滋润；
但温顺的性情，
只会让我留下
阳刚的映衬。

我一生依恋的圣湖啊，
让我做一首小诗献给你吧——
让我伴着你不息的波浪，
一声声轻轻拍岸；
让我伴着你无限的生命，
一年年深深礼赞；
你也永远，
我也永远。

和谐贵德

几百里连绵裸露的群山，
雄奇险峻，
肃穆庄严，
站起是夸父追日，
蹲下是凛凛将军；
千万年血汗的历练啊，
叫我如何不野性。

几百里生机勃勃的高原，
牛羊遍地，
绿意盎然，
远看是嫦娥奔月，
近看是少女怀春；
千万年日月的陶冶啊，
叫我如何不柔情。

这，就是伟大的黄河母亲，
千万年来养育的两个儿女啊，
一个叫贵德之北，
一个叫贵德之南。

时光是一条永恒的河流
——写给时光贵州小镇

想起遥远的三叠纪，
走进今天的时光贵州；
鱼龙石讲述亿万年贵州故事，
小市镇演绎千百年史诗春秋。
地不老天不荒，
来到小镇不想走；
你我天长共地久，
时光是一条不老的河流。

想起英雄的屯堡人，
走进美丽的时光贵州；
百花湖洋溢大贵阳海派文化，
红枫湖铺满大高原梦幻锦绣。
地不老天不荒，
来到小镇不想走；
你我天长共地久，
时光是一条永恒的河流。

扬州雨

扬州雨，淅淅沥沥
淅淅沥沥下在悠悠长江里
下瘦了西湖下瘦了烟花杨柳
茉莉琼花开满大运河两岸天地

扬州雨，淅淅沥沥
淅淅沥沥下在浩瀚时空里
浸透了邗江浸透了古今广陵
海上丝路连起太平洋南北东西

扬州雨，淅淅沥沥
淅淅沥沥下在炽热人心里
滋润了唐尧滋润了马可波罗
地灵人杰写就千百年风云历史

扬州雨，淅淅沥沥
下出了昨天一个个动人故事
扬州雨，淅淅沥沥
下出了今天一个个幸福日子
扬州雨，淅淅沥沥
下出了明天一个个美好期冀

春秋淹城

三千年时光化作烟云
何处寻觅远逝的身影
三城三河的形制
留下了一个绝对的证明

凿河筑沟堑
堆土建都城
封邑录下纪年历史
延陵诠释时空地名
楠木造就的独木舟
将航行的梦想一一呈现

看得见楚吴越的剑影刀光
摸得到季子文脉的转合起承
春秋,你所有的疑问终于尘埃落定
淹城,从此矗立起天下第一城的九鼎

风化，一种美丽的涅槃
——写给山西大同云冈石窟

苦行僧的精神，
选择了经年的干旱，
裸露的沙岩石，
正适合神圣的锻炼。

让佛的生命降落，
天空的微笑开放如莲；
让佛的灵魂栖下，
大地从此飘扬起经幡。

洞藏多少佛国景像，
门对日月百载千年；
一个沉甸甸的慈字，
将无限的心海写满。

风化中奉献甘霖，
风化里奉献灿烂，
风化，一种永远的云游，
风化，一种美丽的涅槃。

飞翔的禅意

——写在大同悬空寺

像一簇红色的云朵，
在蔚蓝的天空飘荡；
像一群矫健的雄鹰，
在广袤的天空飞翔。

原来，是佛的生命，
向天空宣示慈悲的力量；
原来，是佛的灵魂，
向天空展示善良的表彰。

佛自有佛的智慧，
有时候隐逸也是张扬；
佛自有佛的选择，
有时候沉默更具思想。

就这样永远悬在空中，
白天，你就是灿烂的太阳；
就这样永远悬在空中，
夜晚，你就是美丽的月亮。

梦幻五台山

喜欢听你的禅钟，
空谷里，音咚咚，
敲醒每一天黎明，
敲醒一个个晨梦。

喜欢听你的经声，
山溪水，泉淙淙，
诵出每一个日子，
诵出一阵阵和风。

喜欢听你的暮鼓，
夕阳下，暖融融，
响起每一片温馨，
响起一年年善功。

绿树掩庙宇，
金瓯映日红，
三叩九拜祈幸福，
智慧慈悲到心中。

梦幻五台山，

香火天地通，

菩提圣光照万古，

一个佛字贯长虹。

晋祠最风流

晋山晋水晋人文，
晋祠最风流。

悬瓮山高，汾水悠悠，
智仁德美涵育千年春秋，
天地日月同景仰，
晋祠最风流。

晋祠最风流，
周柏唐槐走龙虬，
圣母慈爱，仕女娇羞，
难老泉水流荡无疆万寿。

晋祠最风流，
鱼沼飞梁筑芳洲，
水镜台上，依稀钟鼓，
太宗碑志闪耀盛世星斗。

晋山晋水晋人文，
晋祠最风流。

伊河遐想

——写在龙门石窟

十余年的再见，
我已两鬓斑斑，
你却风采依然。

尊敬的释迦牟尼啊，
依然是慈眉善眼，
依然是气定神闲。
可爱的弥勒大佛啊，
依然是心宽体胖，
依然是笑容满面。
连千百年的残缺，
也比人间的圆满，
依然更加的圆满。

看惯了花开花落，
看惯了春秋更换，
经历多少阳光风雨，
经历多少酷暑寒冬，
以不变应万变，
你依然啊依然。

而我，其实，
也一样依然——
依然追求美，
依然崇拜真，
依然保持善，
心中充满爱，
乐观向人间。

只是，这一次，
我多看了几眼西山——
对面的香山寺，
让我想起了一份责任，
肩膀沉甸甸。

只是，这一次，
多听到了一个经典——
关关雎鸠的故事，
据说就发生在，
美丽的伊河之滨……

阳光法师

——写在白马寺

今天首次拜访中国第一古刹白马寺，印乐大师接见会谈，印愿师傅陪同参观。印乐大师儒雅高品，印愿师傅快乐清爽，很接地气，很印人心，此为大智慧也。吾似有所悟，窃为其定名为阳光法师。

没有一点沉重，
庙宇清清朗朗；
不见一点神秘，
旗旌飘飘扬扬。

一个眼神一片阳光，
一句话语一片阳光，
一丝微笑一片阳光，
一个动作一片阳光。

进来的即使是乌云，
出去的却总是和畅；
进来的即使是痛苦，
出去的却总是歌唱。

给人以阳光，
自己先要阳光，
佛陀的主旨，
是传播正能量。

雪下大了，世界就干净了

❀
❀

陕西：只有梦想才能走进的地方

总想让脚步走遍你
走遍你红色的陕北
走遍你关中的平原
走遍你巍峨的秦岭

然而，我的脚步再勤快
又怎么走得进远古炎黄
又怎么走得进周王春秋
又怎么走得进秦皇汉武
又怎么走得进盛世隋唐

总想用眼睛看遍你
数不尽的秦俑迷离了我
总想用耳朵听遍你
野性的信天游陶醉了我
总想用双手摸遍你
险峻的华山挡住了我
总想用诗歌唱遍你
浪漫的杜牧缠住了我

走不完的陕西
看不完的陕西
听不完的陕西
摸不完的陕西
唱不完的陕西
说不尽道不完的陕西

呵，你是
只有无邪的心灵
才能抵达的地方
只有无穷的梦幻
才能走进的地方

佛　光

——写在陕西法门寺

沐一片金色佛光

圣洁的生命之光

双眸澄明不含半粒沙子

身若莲荷无惧污秽泥溏

斋戒莫入凡尘

经课通体生香

沐一片金色佛光

美丽的心灵之光

大慈大悲胸怀众生博爱

化缘天下保佑人间善良

苦难成功涅槃

无欲炼就绝唱

沐一片金色佛光

丰厚的人文之光

释迦牟尼揭开远古蒙童

心境事理引导天下安祥

修行奉献人类

宗法教化国邦

佛光啊，佛光

照亮昨天，照亮心窗

南无阿弥陀佛

照亮前路，照亮梦想

太公：你的钓具何在？

——写在陕西宝鸡

正是女贞子花开的时候
我从遥远的岭南走来
来到逶迤的渭水之滨
寻找你睿智飘逸的风采
河边看不见你的身影
也未见文王徘徊
哦，太公
此地空余钓鱼台

我从常羊山脚拾级而上
带着一片虔诚情怀
尝遍百草的神农氏
正与你商议炎姜氏族合牌

我来到庄严的岐山
葳蕤的西府海棠待开未开
儒雅的西伯姬昌
正与你研讨易经礼乐之拜

你忙活着文韬武略

你运筹着经世华盖

好像还有些上钩的愿者

在今天的时代苦苦等待

哦，太公

你的钓具何在？

无字碑上的蚂蚁

2013年6月16日上午，参观陕西咸阳乾陵，看见一只蚂蚁在武则天无字碑上恣意爬行。

你恣意地爬行着爬行着
爬成了一个活着的文字
爬成了一行活着的语句

不知道你写出的
究竟是什么意思
是惊羡，还是褒扬
是叩问，还是讽刺

无论有字
抑或无字
你都在爬行着
一段空前的历史

不管负论
还是正议
你都在爬行着
一个伟大的意义

我是你身上的一颗柏子

——致黄帝陵五千年古柏

一阵阵清风
吹开了你的茂叶繁枝
一缕缕阳光
照出你那伟大的身躯

哦，九五独尊的古柏
我是你身上的一颗柏子
在你的滋养庇荫下
成长着繁衍的馥郁生气

我黄色的皮肤
书写着你美丽的汉字
我黑色的眼睛
闪烁出你远古的历史
我黑色的头发
飘扬成你胜利的旌旗

我继承着你所有的基因
我诠释着你一切的意义
我就是你的过去今天和未来啊

我就是你开枝散叶血脉不断的

永远永远的子孙后裔

华山吟

这是黄土地上耸立起来的先祖，
泱泱远古，
华夏之根；
躬行的脚步，
左脚走的是崇敬，
右脚走的是虔诚。

这是天上神仙送给人间的财富，
满山白玉，
翡翠镶嵌；
擎天的元宝，
白天盛的是太阳，
夜晚盛的是星星。

这是天地之间交合出来的姻缘，
真爱动地，
衷情感天；
一对对男女，
春夏表的是海誓，
秋冬表的是山盟。

这是秦皇汉武祭拜出来的英雄，

威风凛凛，

豪气冲天；

伟岸的身躯，

东南崎岖长练胆，

西北险峻好论剑。

我是你的一片莲瓣

啊，普陀山，
我是你的一片莲瓣，
小小的，
开放在你的心台，
托掌在你的手间。

见不得人间痛苦，
那些虔诚的朝圣者，
我要给他厚厚的护膝，
我要给他足够的盘缠。
给你莲的歌声吧，
那个悲伤的青年人，
从此，你再也不会
有痛苦的失恋。
虔虔祈愿的阿婆啊，
让莲的花汁，
滋润了你的心田；
回去吧，
家里的媳妇，
已经有了身孕。
啊，尊敬的老爷爷，

让莲的花香，

将你的泪水擦干；

回去吧，

你的家人，

已经恢复了康健。

环顾四周，

一只只渔舟向我而来。

满山的树盛开，

满岛的草盛开，

云也盛开，

浪也盛开，

心也盛开，

盛开成一朵朵莲花，

盛开成一个个梦幻，

海天相接，

幻象无边……

慧济禅寺的对晤

　　1916 年 8 月 25 日，孙中山先生参观普陀山普济寺，同行一干人唯孙先生看见了海市蜃楼之天象，当时由陪游的浙江省民政厅秘书陈去病代笔写下了《普陀山志奇》一文，并加盖了"月白风清"之印。本人此次受邀参加中国诗歌万里行走进舟山，得以与慧济寺住持智宗法师相晤，谈到孙中山先生普陀山当年之游，彼此不胜感慨。

这是一个阳春的日子，
暖阳照亮了一张张笑脸，
金风吹拂出一个个好心情。
捧一杯香茶坐下，
一时虔诚溢满，
悄悄的禅意，
伴随法师的玉言玉语，
袅袅升起。

说起月白风清的旧事，
时空也变得迷离，
当年的意趣，
朦胧闪烁眼前。
哦，
伟人当年的梦幻，
原来就是今天。

不见经幡飘动，

未闻一声木鱼，

心在，佛就在，

你与我，

相对恍然。

老龙头 ①

是不是一个"老"字
就决定了你一生的命运?

老态龙钟的体态
已经舞不起成吉思汗威武的刀剑
老弱病残的目光
已经见不到唐宗汉祖灵动的神韵

盘踞的架构
刻出一道道沧桑伤痕
不息的海浪
载着一波波奇耻大恨

老龙头啊,老龙头
站在你曲折的岸线
我总会看到时空留下的浓浓狼烟
凝望着远远的船影
我总会触摸到一颗颗流血的心!

————————

① 老龙头坐落于河北省山海关城南 4 公里的渤海之滨,
是明长城的东部入海处,向东接水上长城九门口,入海石
城犹如龙首探入大海,因而名"老龙头",是国家 AAAA
级旅游景区。

雪下大了,世界就干净了

我在长城顶上吹响了一声口哨

我在高高的明代长城顶上

吹响了一声口哨

嘹亮的声音

划破了五百年的时空

穿透了五百年的嚣尘

苍茫的群山

送来了五百年前的回响——

听得见千军万马奔腾

声声号子冲天

看得见遍地腥风血雨

阵阵狼火烽烟

一级级的石阶

绵延着盛世的威仪

龙一般起伏走向蔚蓝的天际

一块块的青砖

垒结着百姓的血汗

山一样耸立叠起无敌的方阵

山上的长城啊

对抗的是战争

心中的长城啊

祈盼的是和平

一步步攀爬着
一步步膜拜着
朗朗烈日下
那一声口哨
带来了一阵凉爽的清风
牵来了一片轻盈的白云
蜿蜒着，悠扬着
演化成了一泓泓的泉水
演化成了一声声的鸟鸣

八达岭的彩虹

这是一个仲夏的傍晚
我们来到八达岭长城
一起寻找远古的诗意
高空的白云
镶嵌出酷阳的艳丽
远山的树林
映衬着翠绿的生机
三几朵云朵聚集
三几声雷声响起
霎时间
蓝天白云下
飘起了一阵太阳雨
洋洋洒洒
淅淅沥沥
抬头远眺
只见两道美丽的彩虹
梦一般升起在西边的天际

为了追寻七彩的梦想
我们循着夕阳的脚步
爬上长城的蝶脊

待回头

早已见不到彩虹的踪迹

而我

并没有一丝的失落

脸上

依然盛满久违的惊喜——

那昙花一般的美丽啊

已经永远收藏进深深的心里

绍 兴

不敢走近你的粉墙黛瓦
不敢走近你灵动的塔山
走近你
再伟大的名人
也会矮了三分

不敢走近你的小桥流水
不敢走近你婀娜的杨柳
走近你
再靓丽的美女
也会丑了三分

不敢走近你的农庄小肆
不敢走近你深长的古巷
走近你
再能耐的酒仙
也会醉了三分

妈　祖

——写在福建湄洲岛

一朵朵白云
都是你的身影
东南西北来回穿梭
庇佑天下生灵

一阵阵涛声
都是你的叮咛
日日夜夜荡漾不息
祈愿风平浪静

你凝视的天空
总是一片蔚蓝
啊，妈祖
美丽女神

你走过的海面
总是生命盎然
啊，妈祖
和平女神

金门·厦门
——写在厦门环岛路

就这样隔海遐想
就这样倚门相望
千百年离离合合
千百年时来时往

其实蓝天从没有分开
头上总是同一片阳光
其实大海从没有分开
脚下总是同一片汪洋

海鸥一直是你我的信使
云朵一直是你我的伴娘
风儿时东时西吹来吹去
鱼儿南来北去任意徜徉

我为何还是那么的矜持
你为何还是那么的彷徨
走出门户来一个永恒的拥抱吧
大陆大海都是我们共同的故乡

鼓浪屿之恋

白鹭说，你不要走，
不想看见你远去的身影；
请听听我呦呦的鸣叫吧，
让我优美的飞翔与你相牵。

琴声说，你不要走，
不想留下你心中的遗憾；
请听听我悠扬的旋律吧，
让我快乐的天籁与你相连。

浪花说，你不要走，
不想知道你忧伤的心情；
请听听我咚咚的鼓声吧，
让我千年的铿锵与你相伴。

鼓浪屿啊鼓浪屿，
我一生一世的爱人！
无论我走得多久多远，
都永远永远与你相恋。

月亮湾，月亮湾

月亮湾

月亮湾

清晨第一缕曙光

最先把你顾眷

一天一天

千年万年

月亮湾

月亮湾

远古第一轮文明

最先把你托升

斗转星移

血脉不断

月亮湾

月亮湾

夜晚第一阵涛声

最先把你呼唤

潮落潮涨

拍响梦幻

月亮湾啊

爱情湾

濯洗一颗颗心灵

点燃一场场爱恋

月亮湾啊

生命湾

无论月缺月圆

生命蔚蓝永远

在山塘街遇见白居易

白天升腾起热朗朗的阳光
夜晚吹拂起清爽爽的空气
苏州，东方的威尼斯
就这样走进了
初夏的日子

随着曹雪芹的指引
我融入熙熙攘攘的街市
鳞次的小船荡起悠悠
红红的灯笼亮起迷迷
轻轻的苏州评弹传来
"玉蜻蜓"温软依依
迷迷的唐寅伯虎跑过
"点秋香"浓情痴痴

粉墙映照着段段繁华
黛瓦收藏着代代故事
苏绣绣出阴阳天地
木刻刻出乾坤神奇
朱楼有骚客吆喝
河边有浣女洗衣

蓦然回首

玉涵堂里

神游的我

竟然与白居易

不期而遇

着一身素装

带一身正气

牵一路沉吟

携一朵茉莉

你说文章合为时

因此有了长恨歌琵琶行

你说歌诗合为事

所以有了忆江南长相思

望着你炯炯有神的双眼

听着你质朴无华的话语

我幡然猛醒——

蜿蜒七里的山塘河啊

就是你用人生

写给世人的

一首永恒的诗

走进西溪，走进湿地

走进西溪，
轻松将紧张稀释；
走进湿地，
浪漫将快乐带起。

行行白鹭，
啼出声声梵意；
阵阵雾岚，
隐藏我我你你；
只只龙舟，
演绎风俗历史；
弯弯河道，
穿梭闲闲逸逸；
岁岁花期，
点亮古今野趣；
渺渺歌声，
流传多少传奇。

走进西溪，
心灵与心灵同享天地；
走进湿地，
生命与生命永恒不息。

冬至谒九龄

带着南海的轻风，
我来到了南岭之珠——
韶关始兴，
这个人杰地灵的去处。
我来寻访一个诗人，
探究他生长的水土。

这是丁酉冬至，
是冬月的初五；
不是先生的海上，
没有诗里的天涯，
不是当年的明月，
只见远古的典故。

一个盛大精彩的诗会，
一场古典时尚的歌舞，
演绎了岭南诗圣的风采，
重现了一代名相的风骨。

而我来拜谒你，
不敢有太多的奢望，

只想离开的时候，

偷学一点你的风度……

贺开山，仙茶山

那是远古的时候，
这里走过了一群神仙，
他们遗下的拐杖啊，
长成了一片片的茶林。

阳光照耀千年百载，
雨露滋润百载千年，
一棵一棵的古茶树啊，
撑起了满眼绿色的天。

斑驳的树根书写着苍虬，
交错的枝丫伸展出精神；
一茬又一茬不断的嫩芽，
诞生着蓬勃延绵的生命。

凝视那晶晶莹莹的绿意，
失明的人也会亮了眼睛；
啜饮那缥缥缈缈的雾岚，
燥热的心总会找到宁静。

孔雀在这里筑巢安居，

云朵在这里驻足流连，

而我，多想站成一棵小茶树，

站成贺开山一道小小的风景。

梦寻易武山

——中国贡茶第一镇印象

这是山顶上的小镇，

这是云雾中的人家；

坐着，是千年的传说，

站起，是千年的神话。

一条千年的古道，

斑驳赫赫，隐约奢华；

一个千年的故事，

苍老巍巍，难辨真假。

朝贡的历史早已翩然老去，

当年的日月依旧灿若鲜花；

嘶鸣的马帮只留下凹陷的蹄痕，

光滑的石级氤氲着远古的香茶。

你的步履迟迟缓缓，

我的思绪扬扬洒洒；

一阵阵的秋雨依稀飘来，

你与我，这里的山山水水啊，

竟跌进了古与今的梦幻之下。

基诺山茶王

——致攸乐山茶农优迁

从什么时候开始，一片叶，
寄托起你绿色的希望？
从什么时候开始，一棵树，
让你长成了基诺的茶王？

双脚走遍山山水水，
话语传遍村村庄庄；
春夏一同采撷清风，
秋冬一起收获阳光。
一个小小的茶字啊，
让你那平凡而朴实的生命
放在了所有基诺人的心上；
你用多民族组成的和美家庭，
为父老乡亲树立起创业榜样。

拖拉机摩托车小汽车，
在乡村的道路上日夜奔忙；
翠绿的胶林边茶园旁，
矗立起一座座崭新的楼房。
虽然只有少少的一万多人口，

同样在春天的故事中走向小康；
虽然是祖国最后确认的民族，
同样是人民共和国挺立的脊梁。

家家户户袅袅的炊烟，
总看得见你燃烧的柴火旺旺；
基诺攸乐美丽的蓝天，
总听得见你高亢的声音歌唱。

雪下大了，世界就干净了

六大茶山

一条千年的古道，
让嘚嘚的马蹄声，
踏响了你显赫的声名；
一条千年的脐带，
让香香的茶叶味，
串起了中西亚的文明。

军务倥偬的诸葛亮，
竟然也有如此悠闲的心情，
用洞穿千年的预想，
踏遍西双版纳的万水千山。

从此，
普洱的形象，
就成为了茶马古道唯一的代言；
从此，
崎岖的古道，
就永远刻上了六大茶山的生命。

你巍峨沉实的身影，
挺立起多少人的腰杆；

你青翠碧绿的生机，

点亮了多少人的眼睛；

你清香神奇的氤氲，

温馨了多少人的灵魂。

雪下大了，世界就干净了

京广高速剪影

1. 广州南站 10：00
一缕缕温润的和风
抚摸着赤裸的双臂
向北的行色匆匆
踩踏出一步步
秋思夏意

2. 长沙
逶迤湘江一派迷蒙
橘子洲头依然葱茏
远山的枫树林
层层叠叠
欲红未红

3. 武汉
一座又一座大桥
构架起一道道
不散的虹霓
鳞次栉比的高楼
在长江的中流
书写出一个

大大的"心"字

4. 郑州
到了这里
就回到老家了
那么熟悉
又那么陌生
心中升起的
总是温暖的
乡愁

5. 石家庄
太行的山风
吹得银杏簌簌作响
长城幻变出
繁华的都市
京畿的苍霭
似乎依然讲述着
烽火燕赵的故事

6. 北京西站 18:00
一袭大大的羽绒服
把我包裹得
没有了样子
凛冽的北风

告诉我前天下的瑞雪

嗬，原来从夏天到冬天

只是短短八个钟头的事情

香港 = 香 + 港

香港啊香港
当你灯火辉煌
你是否还记得
那一个大香山
那一片土沉香

维多利亚港
当你扬帆远航
你是否还记得
那一片伶仃洋
那一条大珠江

第五辑

今晚，我们与海对饮

涛声一阵一阵，
酒杯举过头顶，
啊，今晚，
我们与海对饮！

谒歌德故居

三十年前那一次
与少年维特的不期而遇，
注定了我一辈子
对你不变的神交。

第一次造访，
听说你去了魏玛；
第二次造访，
又说你去了巴黎；
而这一次来到这里，
却已经是一家两代的瞻仰啊——
无论你去了哪里，
我们一定要见到你。

暖暖的阳光照着，
好像是你的目光；
长长的街道静着，
好像是你的沉思；
徐徐的和风吹着，
好像是你的抚摩；
绿绿的树枝摇着，

好像是你的话语。

然而，你还是不在这里。
留给我们的，
只是二百多年前那个远去的背影，
和永远照耀天空的诗的真谛。

魏玛：歌德第一，席勒第二

从一落脚在这里，
两个伟人的位置，
就似乎决定了次序——
席勒第二，歌德第一。

歌德有人送大房子，
席勒自己买小房子；
歌德的周身总是鲜花，
席勒的生活充满荆棘。

贫富是凡人之间永远的栅栏，
却不是伟人之间心灵的尊卑；
一老一少天才志向连成友谊，
高高筑起德意志的精神圣地。

从此之后再也没有这样的伟人，
凡人们开始玩起了凡人的把戏——
比如在歌剧院门前的那个塑像，
身材矮小的歌德竟与席勒拉齐；
歌德紧紧地攥紧了辉煌的桂冠，
席勒伸出的手却还有一段距离。

神交歌德

德国德绍国王公园是国王莱奥波德三世1764-1800年
亲自督建的对公众开放的公园。1778年，诗人歌德曾携情
人游览并写下了著名诗歌。

蘸着明媚的阳光，
在蓝色的湖面上，
你写下浪漫的诗行。
一位美丽的姑娘，
依偎在你的身旁，
诗一样走进你的梦想。

你走了，留下一声问候，
我来了，带着一个期望——
今天的金秋神交，
会不会生发来年
春的花香？

海德堡：一座以一为大的城市

一道河流
虽然并不长
却将一个诗人的心
留在了这里

一条街道
虽然并不宽
却将马克·吐温的脚
留在了这里

一座大学
虽然不大
却将多少人的向往
留在了这里

一座城堡
虽然残败了
却将一个未来
留在了这里

啊，海德堡

你的一
就是多
就是大
你的一
就是所有的梦想
就是梦想的所有

浪漫巴黎

七公里的香榭丽舍大街，
走了一天也没有走完；
三百米高的埃菲尔铁塔，
爬了一天也没有爬完；
层层叠叠的卢浮宫，
看了一天也没有看完；
蜿蜿蜒蜒的塞纳河，
游了一天也没有游完。

思绪，
从来没有这样轻松；
脚步，
从来没有这样缓慢；
眼神，
从来没有这样迷幻；
心情，
从来没有这样慵散。

自己给自己放一次大假，
让身心享受一次生命大餐。
啊，浪漫巴黎，

沉醉在你无时无处不在的古风今韵里，

叫人如何不浪漫！

普罗旺斯之旅

来吧，来吧，
让我们坐上 Van Gogh 号游船，
做一回时空的梭子——
以古老的罗纳河为蓝线，
串起普罗旺斯的前世今生。

是不是这里纯朴悠扬的民歌，
才让十四世教皇
找到了永恒的和平与安全？
是不是一年三百六十五天的阳光，
才让凡高的向日葵开得那么灿烂？
是不是那使人销魂醉魂的薰衣草
才让我们感受到了
法兰西真正的浪漫？

生态盎然的湿地，
万里无云的蓝天，
一座座古老而现代的小镇，
一张张诗意而朴实的笑脸，
似乎都在诠释着
一个无需回应的答案。

雪下大了，世界就干净了

罗马斗兽场

是不是喝狼奶长大的兄弟，
总是兽性十足？
千年的吼叫声，
依然在这一片残垣败柱的上空
久久回荡。

不知是哀嚎，
还是欢呼；
不知是人声，
还是兽声；
不知是人斗兽，
还是兽斗人。

只知道——
伟大的罗马，
就从这个伟大的建筑开始
一步步
走向衰败。

印象·雅典

你是一个倒下的
千古文明啊——

那一道道残垣断壁，
是一个个历史巨人的身躯，
正在向人们讲述着远古的幽梦；
那一根根擎天孤柱，
是一只只神话英雄的臂膀，
正在向天空伸展出无奈的呼唤。

而伟大的宙斯，
却依然高高地站立着——
让炽烈的阿波罗
燃烧着广袤的海陆空；
雅典娜也不时卷扬起一阵阵沙土，
让人们一次次记忆起
她那曾经惊世骇俗的美丽。.

绿叶对根的寻访

——在希腊感受北京奥运会

当第29片绿叶在北京盛开的时候，
我来到了奥林匹克的故乡，
寻找奥林匹克的渊源，
向奥林匹克大树之根倾心歌唱。

宏伟的宙斯庙神柱，
告诉我阿波罗强壮的力量；
庄严的帕台农神殿，
告诉我雅典娜美丽的向往；
绿色的马拉松平原，
告诉我长跑与竞技的最初含义；
苍茫的奥林匹亚山，
告诉我祭祀与运动的历史沧桑。

北京那空前的盛会啊，
让全世界又听到了荷马史诗的世纪回响；
福娃娃举起的祥云啊，
让全人类又看到了橄榄桂冠的时代张扬。
一个个眼神，都能读到
地中海蓝色的情愫温热的阳光；

一声声欢呼，都能听到
紫禁城激烈的较量友谊的鼓掌。

两个伟大的古国，
就这样以现代的方式连接五大洲；
两个伟大的文明，
就这样以古老的方式融合四大洋。

雪下大了，世界就干净了

✳

地中海的阳光

这是美丽的八月，
我们背上满满的行囊，
来到遥远的欧罗巴，
采撷地中海梦一般的阳光。

每一个早上出门，
都会带着阳光一样的希望，
去相识一张张阳光一样灿烂的笑脸，
去追寻一处处阳光一样辉煌的景象。

每一个晚上归程，
都会带回阳光一样的芬芳，
收获了一份份阳光一样温馨的祝福，
承接着一个个阳光一样美好的梦想。

就这样一天一天地走啊走，
把自己也走成了地中海的模样——
一身是地中海一样的明快，
一身是地中海一样的健康。

从此，

便拥有了地中海柔美的身段，
便拥有了地中海黝黑的脸庞；
心情，也装满了地中海的阳光啊，
大地般广阔，蓝天般亮堂。

曼彻斯特

百余年的辉煌，
只剩下一块块的红砖，
在绵绵阴雨的天空下，
述说着
那曾经温暖大不列颠的事业。

是不是穿梭过
太多太多的纵纵横横——
你诞生的第一台计算机，
让世界的时空，
浓缩了几近无限的能量。

是不是演绎过
太多太多的经经纬纬——
你诞生的第一个试管婴儿，
让人类的生命，
燃起了延续薪火的希望。

而那个小小的魔球，
在此起彼伏的欢呼声中，
被那二十二个人踢来踢去，

竟然踢出了曼彻斯特

一个再度圆满的梦想。

黄昏的切斯特

每一个冬季，
大不列颠的白天，
都好像守财奴一样的吝啬阳光；
才下午四点半呢，
咚的一声，
人们就被抛进阴冷的黄昏了。

就在这个时候，
我们像鬼子进村一样，
悄悄地走进了切斯特。

那条狭长的古罗马城墙，
被两旁密密的建筑
挤逼得发出无声的呻吟；
在昏暗的灯光下摸索着行走着，
总感觉到那几座教堂或是古堡，
有幽灵飘忽地走出来；
不知是霏霏的雨水，
还是他们在抚摩着你的脸颊；
一不小心，
还可能让你打一个趔趄。

那条名闻遐迩的步行街，
确实繁华热闹得不行——
外围车水马龙，
里面游人如鲫；
璀璨斑斓的灯光，
就像一个个妖艳暧昧的浪笑，
押裹着人们不知方向地前行。

一个街头小提琴家，
拉出了一串串天籁般的声音，
如同一声声动心的呼唤，
穿透了朦胧的街道和夜空；
我们这才如梦初醒——
哦，原来切斯特
其实是一个
美妙而令人迷恋的小城。

渥兹华斯的湖区

冒着细细的冬雨，
我前来寻访你的踪迹——
啊，尊敬的渥兹华斯 ①。

湖水一片静穆，
山峦默默无语。
只听见各色的鸥鸟，
在叫唤你的名字；
只看见雨水的涟漪，
荡漾出你的名字；
只感到五彩的树木，
站立起你的名字。
而山村教堂的钟声，
也悠扬地敲打着
对你无限的怀念和回忆。

我徘徊在你走过的林间小道上，
久久地写不出半节诗句，
只留下了一个
依依不舍的影子

_____

① 渥兹华斯是英国的著名诗人。

英格兰与苏格兰边境 ①

向左是边境，

向右是婚姻；

或者，

向左是婚姻，

向右是边境；

其实不管怎样的说法，

都没有什么两样。

管它是什么边境不边境呢，

我们只相信血缘和婚姻，

那是我们的

过去、现在和未来。

历史老人走了——

悠扬的风笛没有断过，

我们的爱情没有断过；

飘逸的裙子没有停过，

我们的婚姻没有停过；

太阳和月亮没有减弱过，

---

① 英格兰与苏格兰的边境一边是界标，一边是婚姻登记所。

我们共同的心跳没有减弱过；
土地和海洋没有消失过，
我们共同的血液没有消失过。

我们总是相信
边境是会灭亡的，
而我们共同的生命永恒。

爱丁堡

宽广笔直的王子大街，
是你挺拔的脊梁，
挑起了南北新区老城
两只大大的翅膀。

古老的圣玛格丽特教堂，
是你强盛的心脏，
源源不断地传送着
勃勃的热血和力量。

雄踞山顶的坚固城堡，
是你高昂的头颅；
沉默了亿万年的火山，
是你炽热的胸膛——
你用你的孔武和伟岸，
总是让所有的入侵者，
不得不放下罪恶的刀枪。

啊，爱丁堡，
一个真正的男子汉，
一个永远雄起的希望！

剑桥，我来了

轻轻的我来了，
没有带来一片云彩，
只带来了徐志摩
一声声湿漉漉的问候——
"康桥，
你可是别来无恙？"

微风细雨中，
古城默默无语，
剑河缓缓流荡；
草地依然青绿，
树木已见沧桑；
叹息桥听不见半声叹息，
宽街上闪耀着白色灯光。

啊，剑桥，
你似乎已记忆不起
那首回肠荡气的著名诗篇，
你好像也不知道
那个绵缠悱恻的爱情绝唱。

轻轻的我走了，

不带走一片云彩，

只带走了一份莫名的眷恋，

只带走了一丝淡淡的忧伤。

是啊，剑桥！

你来去的候鸟一群又一群，

你进出的星斗一行又一行，

又怎么会在意

一个中国诗人

在你盖世的殿堂

发出的不大不小的声响？

雪下大了，世界就干净了

❋
❋

孙中山伦敦蒙难地

（一）

一颗辉煌的恒星，

几乎像流星一样划过天际。

一尊伟大的生命，

几乎被扼杀在刽子手的手里。

一个古老的民族，

几乎失去改朝换代的机遇。

（二）

一面鲜艳的红旗，

飘出了你毕生追求的理想。

一声故乡的问候，

惊醒了你一百多年的幽梦。

听啊，一个宏大的声音，

警钟般回响在辽阔的天际——

革命尚未成功，

同志仍需努力！

雾都伦敦

来时你给我晴空万里，
走时你给我艳阳满天；
来时我对你一片期盼，
走时我对你充满依恋。

古老的大笨钟，
映衬出泰晤士河长长波光潋滟；
高高的大塔桥，
连起了充满沧桑和活力的两岸；
雄伟辉煌的白金汉宫，
一片片的草地满目芊芊，
一簇簇的树木色彩斑斓；
无数的小鸟与人类共享天然悠然自得，
熙熙攘攘的游人与阳光同辉笑容灿烂。

啊，伦敦雾都，雾都伦敦，
究竟是谁，
给了你这样无聊的偏见？
但愿我的感受，
能为你的名誉拨乱反正；
但愿我的诗篇，
能为你戴上真正的桂冠。

华盛顿·金斗湖樱花

高耸入云的剑碑，

那是盖世的英灵

一声凌厉的仰天长啸；

四周环绕的一个个殿堂，

装点着无限的肃穆，

太多的深沉，

几乎让小小的金斗湖，

再也无法承载。

于是，

那个美丽的和服姑娘，

便给山姆大叔送来四月的问候，

用一簇簇彩色的祥云，

用一树树芳香的梦幻，

带来温润的欢笑和安宁。

风城芝加哥

八百平方公里的密歇根湖，
是一个美丽的姑娘——
风情万种，
春心荡漾。

这一天，
那个苦苦等候的风王子，
终于潇洒地吹过来了。

从此，
辽阔的芝加哥，
就开始风生水起起来；
全世界的男人和女人，
就有了自己的节日。
失去的权益，
开始一天天回归；
扭曲的人类，
也开始一天天反正。

天鹅栖息的地方，就是人类的故乡

——写给瑞士苏黎世

长长的班霍尔大街，

让我的步履从从容容；

香香的史宾利巧克力，

让我的感觉回味无穷。

两千多年的历史古城啊，

每看一眼，

都能穿透古老而现代的时空；

每走一步，

都能感受历史与未来的清风。

当我离开这里，

这一切都可能变得蒙蒙胧胧，

曾经有过的记忆，

也许会消失得无影无踪。

然而，

悠悠的利马特河，

却有一个洁白的精灵，

深深地藏进了我归来的童心；

蓝蓝的苏黎世湖，

却有一个纯净的生命，

深深地融进了我漂泊的灵魂。

啊，高贵圣洁的天鹅！
你是这里的原生态——
城市的喧嚣因你而平静，
城市的骚动因你而消散；
你是这里的原土著——
白天你是生命的舞蹈，
夜晚你是生命的吟哦。
你是和平的使者——
部落的纷争因你而解体远遁，
美好的和谐因你而走向世界；
你是动听的欢歌——
年轻人的爱情因你而甜蜜浪漫，
老年人的生活因你而丰富婀娜。

哦，美丽典雅的天鹅，
有了你诗意的栖息，
才有了人类永远的归所。

一路写满"和平"的文明之旅

——写给瑞士黄金列车

这是一个百年不变的神话，

这是一个百年不变的传说。

一踏上你远古而现代的土地啊，

我追寻的眼睛，

就与你百年来的坚持对上了焦点；

我钦羡的心情，

就与你百年来的成就对上了节拍。

面对着冷兵器的残酷，

你与全世界一样，

接受过腥风血雨的痛苦煎熬。

于是，当热兵器肆虐横行的时候，

你以绝世的智慧，

一次又一次成功地避免了疯狂的枪炮——

走开！无论是非正义的，

还是所谓"正义"的战争。

高山是百年前的高山，

一样的秀丽巍峨；

森林是百年前的森林，

一样的茂盛葱茏；

湖泊是百年前的湖泊，

一样的静美神秘。

溪河流淌着百年的雪水，

草地飘扬着百年的牧歌。

一百多年啊，

当世界历经一次又一次的动荡，

当人类一次又一次地前仆后继，

你的土地却没有一寸遭受过战争的蹂躏，

你的人民却没有一个经历过战火的焚烧。

你用精益求精的钟表，

准确计算着世界的进程；

你用甜蜜清香的糖果，

潇洒地享受着悠闲的生活。

化铁为犁，

你将尖利的军刀改装成了著名的厨器；

马放南山，

你惬意地营造着这片桃花源般的家园。

真希望乘坐着这趟舒适的列车，

欣赏这美轮美奂应接不暇的美景，

循着这写满"和平"两字的道路，

永远地走下去、走下去，

一直开到全球的每一个国家，

一直走遍人类生活的每一个角落。

你的名字：1234567
——写给奥地利维也纳

说你是音乐之都，
说你是音乐的故乡，
都只点到了大意，
其实，你本身就是 MUSIC，
就是 1234567。

白天你是风，
夜晚你是诗；
晴天你是云彩，
雨天你是虹霓；
春天你是鲜花，
是听得见的缤纷绚丽，
是奏得响的蓬勃生机；
夏天你是骄阳，
是听得见的熊熊燃烧，
是奏得响的情怀如炽；
秋天你是成熟，
是听得见的高远深沉，
是奏得响的累累果实；
冬天你是白雪，

是听得见的皑皑圣洁，
是奏得响的晶莹剔透。

在这里，
每一个人，
都是一个音符；
每一个生命，
都是一个音节；
每一条河流，
都是一段五线谱；
每一条街道，
都是一节小乐句；
城市写出的是交响乐，
乡村写出的是小夜曲。

一座让人飞翔的城市

——写给德国斯图加特

一进入你的地域，

就有了飞翔的感觉，

就有了飞翔的冲动。

不是因为那清澈的阳光，

不是因为那初染的红叶，

不是因为那清冽的河流。

百年前飞翔的梦想，

到处都看得见延续的痕迹；

百年前飞翔的步履，

到处都听得见延续的声响。

啊，三叉星的身影，

三叉星的荣耀，

一天天、一代代，

都从这里链接世界——

从厚实的大地，

从浩瀚的大海，

从蔚蓝的天空；

哪里有道路，

哪里就有你的飞翔。

今天，我的双手双脚，
好像也变成了两对巨大的翅膀，
从这里开始了飞翔的旅程。

今晚，我们与海对饮

海风吹散了酷热，
太阳在远方西沉，
一支浪漫的队伍，
在马六甲畔扎营。
涛声一阵一阵，
酒杯举过头顶，
今晚，
我们与海对饮！

坦诚舒缓了紧张，
亲切放松了心情，
一桌独特的美食，
将彼此距离拉近。
歌声此起彼落，
笑语荡漾蔓延，
今晚，
我们与海对饮！

你半醉，我半醒，
心好近，声好远。
迷蒙中郑和的宝船缓缓开过，

依稀里走来了孙逸仙的身影。
混合着马来语广州话客家言，
我们与马六甲一起跌进梦境。

来吧！今晚，
我们与海对饮！

登陆仁川

从喧闹的白云机场
我终于登陆仁川
宁静的入境道上
跫跫的脚步声
几乎惊了内心

知道仁川的名字
是因为六十年前
那场朝鲜族人自己的战争
以及那个叫
麦肯阿瑟的美国人
迫使联合国的本事
就是划一条三八线
将统一的大韩帝国
分成南北两半

而我手无寸铁
带着两千多年前的
之乎者也
方框文字
以及唐宋元明清的

恩恩怨怨
卯榫勾连
带着秦始皇汉武帝
带着毛泽东孙逸仙
与新罗高句丽大韩
千年百年的渊源

只是，斯丹尼斯号
却比我提前了一天
登陆东南边的金山
我听见
骚动的半岛
又开始刺激
地球的神经

梦里故乡

——写在韩国首尔北村韩屋

扔掉沉重的皮鞋，
赤脚追逐在
曲折的街巷。

找到孩提的伙伴，
在村口的河岸，
捉起迷藏。

醉倒在古老的树下，
睡进梦里，
好像回到了
生我育我的故乡。

笔 谈

——参观宫崎兄弟故居有感

　　公元 1897 年 9 月，一向敬佩孙中山先生的日本侠客宫崎滔天与孙中山在日本相识。两人一见如故，虽其时语言不通，但通过互写汉字相谈甚欢，推心置腹，从此成为挚友。

君困古华夏，
索策救苍龙，
我居东瀛海，
孑然叹君风。

惺惺惜惺惺，
英雄识英雄，
铁肩担道义，
握手志相从。

无言通意气，
月落续日红，
推心兼置腹，
都在笔谈中。

王道文化

　　1924 年 11 月 28 日，孙中山先生在日本神户发表"大亚洲主义"主题演讲，劝告日本放弃"霸道文化"，实施东方的"王道文化"，引起广泛共鸣。此论述对于九十多年后的今天也极具现实意义。

五千年中华文明根植内心，
蔚蓝色海洋文明浪拍眼帘，
声声呼唤世界潮流浩浩荡荡，
天地山河响应震荡警世诤言。

曾经有过改良革新天真愿望，
巨龙沉疴无奈选择暴力革命；
血液流淌博爱济世情怀，
灵魂追问人类恒远和平。

大和民族为何紧紧拥抱逆天霸道？
王道文化才是悠悠东方核心基因！
一代伟人的百年愿望啊，
何时才能如同日月光临天地之间？

贤　母

日本友人梅屋庄吉对孙中山支持极大，仅捐款就达十万亿日元，孙中山曾在他的和服短外褂背面写下"贤母"两字。

"君若起兵，
我以财政相助。"
一句初识的承诺，
成为人生的钟鼓，
年年岁岁，
朝朝暮暮。

春天播种插秧，
夏天为君荷锄，
秋天送上果实，
冬天为君披服。

无论严冬，
不管酷暑，
都是主心骨；
屡败屡战，
愈挫愈勇，
永远不服输。

为君树碑立传，
为君立说著书，
皓皓辉照如日月，
天地人间一贤母！

东京松本楼情思

  松本楼为一家法国餐厅，位于日本东京都千代田区日比谷公园内，它见证了主人梅屋庄吉与孙中山深厚而崇高的情谊。2016年3月20日晚上，梅屋庄吉的曾外孙女小坂文乃在这里接待了我们。

以一种孤傲的坚定
矗立在日比谷公园
太阳常光临这里
月亮常光临这里

清风伴着琴声
白云送来爱情
心中熊熊的熔岩
燃烧着黑暗天地

以和平的名义
我们在此相聚
一个东方的新梦
又从这里冉冉升起

樱花艳遇

时隔 23 年，2016 年 3 月 17–21 日再次旅日，凡见到的日本人都十分惋惜地说，如果迟一个礼拜就可以看到樱花盛开了。想不到 21 日上午看到还有一点时间，上机场前请司机开车到皇宫周围兜一兜风，想不到在国会前竟然与一处盛开的樱花林不期而遇！

二十多年的分别
此次终于了断相思
都说这次再也遇不上你
心里依依无奈叹息放弃

走吧，趁着有点儿空余
随处去走走放下那心事
你的倩影却遽然来到面前
一片粉红粉红一片遮天蔽日

你注视我的眼睛啊
星星一样灿烂密集
让我的脸色如你一样羞赧
让我的心跳如你落英如雨

走近你的身旁你悄悄告诉我

最美妙的约会不是万事俱备

一如你我今日的见面

这种无与伦比的艳遇

眉公，茂宜公

——写在夏威夷茂宜岛孙眉农场遗址

面对这一片肥沃的土地，
面对这一片美丽的风光，
我有充分的理由去想象，
当年，你一定是驾着祥云而来，
一定是哪一位仙人给了你神奇的力量。

否则，你怎么能走完十万八千里路程，
你怎么能顶住一年半载的大风大浪；
否则，你哪里能开垦出一片片新天地，
你哪里能在这里种植出生命的花香。

一个穷苦农民、一个更夫、一个补鞋匠，
从此有了欢乐有了阳光；
茂宜的日月带来一椽得所五桂安居，
翠亨的兰溪波光潋滟奔向浩瀚太平洋。

甘蔗、芒果、牛群筑起茂宜公崇高的声望，
也养育起一个少年壮硕的体魄和理想；
当千金散去铅华尽洗海浪平息，
一个伟大的共和国崛起在世界的东方。

在达恩维荣，我只想拆掉那些网

一朵朵的白云
总让我想起
达马拉姑娘
曼舞的模样
漫漫的旷野
恣意地铺洒着
亮晃晃的阳光

一辆辆的越野车
碾压着无名鸟
断断续续的歌唱
一只三条腿的猎豹
懒洋洋地静候着
那个喂食的姑娘
就连一公两母的狮子
也失去了威武的凶光

一道道密密的电线
在阳光下闪亮闪亮
向大自然伸出的刀枪
却说什么为游客设防

来到达恩维荣

我并没有收获快乐

心里一直在想

什么时候能够

拆掉那可憎的

网

在开普敦，你适合做一缕风

在开普敦
你不适合做
一道彩虹
要写出南非的名字
你还没有这个资格

也不适合做
一片阳光
阳光即使再灿烂
也有你
照不到的地方

在开普敦
你就做
一缕风吧
做一缕
无所不在的
风

不管我走到哪里
你都可以找到我

只是
你可不要
太强烈
不要吹走了
我的行程
更不要吹走了
我的心情

在好望角，你我拉起了世界的臂膀

左边印度洋，
右边大西洋；
在好望角，
你我拉起了世界的臂膀。

左边是美好，
右边是希望；
天上的蔚蓝百鸟飞翔，
海上的蔚蓝大浪歌唱。

天地间和平的阳光，
洒落在你我友谊的心上，
从此，全世界的生命，
就充满了永恒的梦想……

在迪拜，我迷失了所有的梦想

我只在空中看过你一眼，
半边是沙漠，半边是海洋；
荒漠中的那棵椰枣，
站成我心中你的形象。

我只在白天看过你一眼，
只觉得你是个打碎的太阳；
不管是高楼大厦车水马龙，
到处都是炽烈的光芒。

我只在夜晚看过你一眼，
你好像是一个地上的月亮，
身边还有一群一群的星星，
闪烁着纸醉金迷的辉煌。

走在长长的国王大道上，
我的身心得到了最豪华的解放，
却几乎迷失了所有的梦想；
我的生命在迪拜的斑斓里舞蹈，
灵魂却不知在哪一个远方流浪。

戈哈德爷爷的
中国情结

第六辑

一幅上世纪『粒粒皆辛苦』画图，
预示了您中国情结的光芒；
一份二十一世纪的跨国婚姻，
让缘分的霓虹变成现实的桥梁。

波鸿，有一只中国的凤凰
——写给女儿蚯蚓

一道道黑暗的隧道不见了，

一间间大学建起来；

一缕缕黑色的烟云消失了，

一片片山河绿起来。

那鳞次栉比的校舍，

就是一棵棵葱茏的梧桐树吗？

引来了那么多的凤凰来栖居。

而一只东方的凤凰，

也从遥远的中国来到这里。

她娇小玲珑的身影，

飞翔出一段段美丽的舞蹈；

她银铃一样的话音，

编织成一支支动听的乐曲；

她纯洁真挚的情愫，

感动了一个个驿动的心灵。

她用不变的执着，

呼应着凤凰美好的召唤；

她用灿烂的事业，

演绎着凤凰永恒的梦幻。

斯图加特的元宵

　　女儿女婿终于生了孩子！我们赶往斯图加特祝贺兼做
"保姆"。第一次在德国过元宵节，独具风味。

丁酉的鸡年
我们真的做了
一回孙悟空
只用了一个意念
就从十万八千里
中国南海边的
红火火的春节
来到了到处
跑着奔驰车的
斯图加特的
元宵节

捧起白圆圆的
热腾腾的汤圆
斯图加特用
美丽的雪花
加入了
我们的团聚
我想象成盐巴

雪下大了，世界就干净了

＊
＊

汤圆就咸了一些
我想象成白糖
汤圆就甜了一点
我想象成棉絮
汤圆就香了好多

嗬嗬！人生
第一次做了爷爷
心情就是不一样
想到什么
看见什么
听见什么
摸到什么
都是幸福的事情

看着可爱的
小不点儿
我用嘴吹了吹
滚烫烫的汤圆
故意装出
那些老人家
牙齿漏风的样子
孙女她笑了没有？
相信她笑了
全家人笑了

我自己

也笑了……

致外孙女 FREYA·R0SE

与她的妈妈和外公外婆相比，外孙女 FREYA·R0SE 的出生确实太幸福啦！

FREYA·R0SE
我亲爱的小宝宝！
嗬嗬，嗬嗬，
真的从来没有想过，
要用中外合文的方式，
与你打招呼打交道。

60 年前爷爷的出生，
是在莽莽苍苍的九连山脚；
而你妈妈的出生，
也未能走出那一条弯曲的山道。
今天，你好听的咿呀，
竟然在欧罗巴的上空环绕，
阿尔卑斯山在倾听在祝福，
东方的黄河珠江也在欢笑。

你带着一个个深情的故事问世，
你带来一片片早晨的祥光环绕；
有多少欢喜地中海一样深广，

❋
✲

有多少祝愿大宇宙一样高邈。

快高长大，健康满满，
多些欢乐，少些烦恼。
人生漫漫路需一步一脚印，
人生如过隙需小步加快跑。
生得不同固然可喜，
活得不同更为重要；
生得幸福是长辈给你的赐与，
活得精彩才是你自己的目标。

小汉娜·小牛郎

　　我的德国女婿玫瑰·马丁的侄女小汉娜，是个四岁的
小女孩。她与马丁陪我们参观她妈妈工作的奶牛场。看得
出小姑娘与这里的奶牛特别是小奶牛亲密无间、形如朋友。

一头金色的头发，

一摇，一晃，

都是满眼的阳光。

特意穿着

我们送的花裙子，

透出一点儿中国模样。

看我们的时候，

总是羞涩忸怩，

好像一朵夜来香。

看奶牛的时候，

总是活泼亲热，

如同一段田园小唱。

哈哈，来到小奶牛栅栏，

竟与它们一起打闹推搡，

浑然成了一个

调皮的小牛郎。

迪特和他的小木屋

　　我的德国亲家叫迪特。他家的花园中有一个小木屋，那是他装修装扮家园从事家务的重要地方。

将多少个的假期，
寄托在这里；
将男主人的责任，
落实在这里。

劈出一根根柴火，
燃烧成家的红日；
种出一盆盆花草，
装扮了家的美丽。

春天耕耘夏除草，
金秋忙碌收果实；
虫鸟飞来了欢鸣，
儿孙带来了嬉戏。

一个小小的木屋，
一个大大的天地；
生发出女主人多少爱恋，
演绎了男主人多少故事。

爱看书的伊娜

　　我亲家迪特的夫人伊娜，是他们这个家庭的主心骨，
既贤惠，又能干，还有一个特点是酷爱看书。

你是漂亮的主妇——
两子两女，
生了四个娃。

你是勤劳的主妇——
内内外外，
操持一个家。

丈夫要做事业，
子女已经长大，
孤单在家的日子，
唯书本随你说话。

读了那么多的书，
从米也不会自夸；
最喜欢的说是巴尔扎克，
为批判叫好洒浪漫泪花。

什么时候请你读一读中国，

《红楼梦》一定让你万分惊讶——
那几个尔虞我诈的爱情故事，
曹雪芹尖刻睿智的嬉笑怒骂。

雪下大了，世界就干净了

戈哈德爷爷的中国情结

马丁的外祖父玫瑰·戈哈德年轻时就对中国有所了解，
虽已年过八旬，但却依然精神矍铄，机智幽默，可敬又可爱。

一幅上世纪"粒粒皆辛苦"画图，
预示了您中国情结的光芒；
一份二十一世纪的跨国婚姻，
让缘分的霓虹变成现实的桥梁。

用德文标志出中文的意思，
欢迎的话语那么热情爽朗；
用德国的厨艺做出中国菜，
周到的心思那么诚挚大方。

围坐在您温馨的书房里，
好像沉浸在知识的海洋；
歌德莫言马克思孙逸仙，
都在巴赫的音乐中徜徉。

我们有我们心中的德国，
您也有自己中国的模样；
虽然语言有太多的阻碍，
却挡不住我们心的交往。

您是智者，是人生导师，

您是长者，是精神脊梁；

祝福您寿比南山福如东海，

这是我们心中最大的希望。

雪下大了，世界就干净了

❀

马丁与汉语

　　女婿马丁学习汉语的自觉性和积极性很高，凭着他的语言天分和勤奋刻苦，仅仅两年时间，汉语能力已经大有长进。相信再过三五年，他将成为一个汉语通。

不满足于见面点点头，
不满足于见面笑一笑；
既然娶了中国的媳妇，
就要有中国姑爷味道。

妻子成为第一个启蒙老师，
异国情缘搭起一座汉语桥；
最早说出的是"我是马丁"，
最先学会的是"你好你好"。

家庭的进修已经难以解渴，
你走进了中文的规范学校；
转眼间单词记忆突飞猛进，
说起话来还带点北京腔调。

语言是生命的升华和扩张，
汉语将给你更多惊喜奥妙；
当你的汉语走进自然王国，
生命将像天地般宽广富饶。

附　录｜让当代诗歌回归诗歌本源

丘树宏

中国当代诗歌怎么样回到诗歌本源，包含了两方面的问题：一个是关于诗歌的主题和内容，也就是诗歌表现的对象问题；第二个是诗歌的表现形式，即诗歌的体裁。说到底，也就是当代诗歌内在和外在两个方面怎么样回到诗歌本源的问题。

诗歌也是开放多元的，但总得有一些基本原则

2013年我在《文学报》发表了一篇文章，题目是《中国新诗何时走出乱象》。个人觉得当前的诗歌界比较乱，几乎可以说是所有文学艺术形式中最乱的。在中国，写诗的人很多，读诗的人也很多，相对于其他文学体裁来说，诗歌的活动丰富多彩，在这种"兴盛"的背后，隐藏甚至暴露出这一派乱象。新诗百年了，我们还没有找到真正既符合中国汉语言、汉文字特点，又能够吸收西方诗歌优点的诗歌文本。我认为，中国的当代新诗，首先要守住和弘扬自身的诗歌文本传统，包括其中的内容和形式。当然，随着时空和时代的变化，诗歌还必须学习借鉴中国之外的诗歌的优点。但就在当下，问题的主要方面，还是如何回归中华传统诗歌的本源问题。

当然，当代新诗怎么样回到诗歌本源的问题，首先要明确一个重要的前提，这就是我们首先要本着"百花齐放、百家争鸣"的原则来思考和分析。我们并不是说，诗歌要有一种完全不变的主题、不变的内容、不变的体裁和格式。现在是一个开放多元的时代，尤其是改革开放之后，我们政治、经济、文化、社会，方方面面都已经走向开放和多元。文学，包括诗歌，也肯定要随着社会的变化而变化，肯定也是开放和多元的，主题、内容、格式都应该是开放和多元。而且，这是文学和诗歌的生命所在，如果不是这样它就没有生命。

　　在这个基础上，文学体裁包括每一个人、每一个家庭、每一个单位、每一个城市、每一个国家，肯定有它独特的所在，正因为如此，世界才具有丰富多样的各种生命，诗歌同样是这样。但是，无论是生命，还是诗歌，总会有一个自己本源的问题。

　　诗歌的本源有狭义和广义之分，广义是指全世界、全人类的诗歌，狭义是指中国本身的诗歌。每一个国家，每一个民族，每一个地区都有它自身的东西，这个就属于狭义。从广义上讲，诗歌有它的共同之处。首先在主题和内容，我觉得应该是真善美的，这是人类共同的价值追求、共同的价值指向。主题核心是真善美的，诗歌才能给人以真正的意义。要不它就成了副作用，诗歌给予人们的必须是正能量。

　　格式方面，诗歌有和着与其他文学体裁不同的特色，因此在它的格式方面也应该有所规范。如果诗歌写成散文就不成诗歌了，写成小说、话剧等等，更不是诗歌的事。诗歌就是诗歌，不是其他任何一种文学体裁。

中国的诗歌主题内容和体裁形式也应该有自己的特点。当然，现在的诗歌在主题、内容，在表现形式、手段方面已经跟以前有了很大的不同，或者叫进步，它更时尚、开放、多元。主题、内容、形式都是这样。同时，中国新诗还才百年时间，还在不断地探索、完善、发展，不可能一下子就形成很固定的一种模式。这也是可以理解的。

我们讲当代中国诗歌应该同时具备是两个元素。一个首先是中华传统，中国诗歌传统的优秀的独特的元素应该保留，这才是中国的，否则就不是我们的。我是我，而不是其他国家、其他民族的，是中华民族的。而另一方面，它又不是封闭不变的，特别是在开放的时代，它要走向社会和市场、走向全人类。这样的话，它同时也应该吸收其他国家、其他民族、其他语言的诗歌优秀的东西，包括主题和形式。

正因为处于这种阶段，我们现在处于一种乱象状态似乎也不奇怪。我们整个社会正处于转型时期，人们的社会价值观等等各方面都相对比较乱，旧的打破了，新的还没有建立起来，我们的诗歌也同样处于这种状态。其实说到底，诗歌的问题也是社会的问题，问题的根源还是在社会。但我们不能简单将原因和责任推给社会就算了。如果没有引导、检讨和前瞻的话，任性"乱象"下去，诗歌就没有出路。今天，我们确实要思考怎么样能够逐步找到一种既有中华传统诗歌的优秀元素，又吸收西方现代诗优秀元素，而成为中国现阶段以及后阶段一种崭新的诗歌文本。

全世界的诗歌有共同的东西，更有不同的特点

全人类包括中国的文学有着共同的内容和主题，比如真善美。中华的文化传统也有独特的主题和内容，比如，中华传统的"和"文化，还有释儒道文化，这都是我们的特点。这些特点相信在所有文学题材里，包括诗歌里面特点都很浓厚，我们必须要继承、弘扬。

又比如我们有海洋文化，欧洲也有海洋文化。我们的海洋文化特质体现的完全是和谐、和平，郑和七下西洋，就没有占领别人一寸土地。西方的海洋文化则总是与殖民文化、掠夺文化联系在一起的。这些体现在文学里就不同。我们的诗歌本源，首先体现在内容主题上要与中华文化传统相一致，是健康的，是正能量的，读了以后对人有好处，而不是乱七八糟的，更不是假的、丑的、恶的。真正的文学是属于社会的，如果你写出来放在自己口袋里、带进棺材去，那你怎样写、写什么都无所谓，但只要你要给第二个人，包括你的妻子、父母、小孩看，就有一个社会责任问题，你就要负责任。这一点，是文学包括诗歌最基本的道德问题。

现在的诗歌界很乱，跟社会现状有关，社会上的道德滑坡、没有底线现象，也影响到一些诗人及其诗歌也没有道德底线了。

诗歌本源问题，就格式、形式来说，我们古代以来就是诗的国度，是诗歌古国，我们诗歌的起源和发展早于很

多国家。讲到诗歌，首先要讲到中国，诗经、唐诗、宋词在世界诗歌史上的地位很高。再往下，戏剧的影响力也很大，其实中国戏剧中的诗歌成分也非常浓厚。这些诗歌的优良传统我们必须继承不能变。我们是方框字，汉字对诗歌有特殊的好处，具有十分独特的优势。汉语同样如此。为什么中国的诗歌出现最早，而且比其他文学体裁发展的最充分、最辉煌？汉字和汉语言比较适合诗歌这种体裁是个重要的因素。中国古代诗歌尤其是格律诗的重要不足，是自由度不够。我们为什么有唐诗宋词那么整齐优秀的东西？那正因为汉文化、汉字结构所决定的，但它也带来了自由度的不够。到"五四"的时候我们有一种追求，追求科学、民主，追求文学的解放，在诗歌方面也打破原来的传统，开始引进和学习西方的自由诗。学习西方是对的，学自由诗优秀的东西也是对的，是对中国古诗不足的重要补充。自由诗最大的优点在于自由，但我们现在新诗的缺点是太自由了。从内容到格式到各方面，天马行空，无边无际，毫无标准，毫无约束。这不行。

其实，从一定意义上讲，自由诗要写得好，要写得比古体诗还要美，在无限自由的情况下写得隽永，别人记得住、能流传的诗歌，有时候可能比古诗、比格律诗还难。诗可以分为诗和歌，诗要有韵律，需要节奏，适当的短，不要太长，不要太散，不要太自由。而歌则要十分讲究押韵、对偶等。这些是诗歌这种体裁的基本要求、基本元素，也就是我们中华传统诗歌的本原所在。西方的自由诗，其实也有这些类似要求的。但是，我们现在许多的诗人和诗歌，已经漠视抛弃了这些东西，只学习自由诗的"形"，而没有学习自由诗的"魂"，因而导致"非诗化"非常严重。

我们必须正视这种不好的趋向。必须呼吁，我们的文学组织，特别是文化管理部门，这方面要有一种引导。"官方"办的杂志、报刊和其他媒体，包括网络，要有一种责任，即对诗歌本源和本体问题，从主题内容和体裁格式上都要有大概的指导思想。同时，我们又要实行百花齐放，主张大胆探索。现在的主要矛盾是如何建立主流导引，真善美的主题内容不能变，中华优秀传统不能变，吸收西方国家先进的、优秀的文化成果也不能变，而且要做到兼收并蓄。所谓本源，并不是一味保守，并不是一成不变，它是在自身优秀的基础上吸收各种新的成果，来形成自身的东西，形成新的自我。

中国的诗歌，从来都有自己的本源

现在确实到了我们要对诗歌本源和本体问题有所作为的时候了。改革开放三十多年，以前以经济工作为中心，首先解决温饱问题，这是对的。但在文化传统的继承和弘扬这一块没有跟上。一个强大的国家仅仅是物质强，那不是真正的强，文化才是最高的竞争力。文化上不来，在世界上根本没有地位，自身的发展也难以为继。我们在抓文化强国建设，召开了高规格的文艺座谈会，这都是很好的信号和机会。我们现在要好好思考我们的传统文化在哪里，怎么样传承发扬好，同时如何吸收外面的先进文化进来，融合形成崭新的文化。

诗歌客观上是有层面的，有所谓文人圈子的纯诗歌，这类诗歌，艺术上的要求会高一些。但同时，诗歌最重要的是要面对社会，这就有一个诗歌的大众化、通俗化的问题，其中甚至还包括诗歌的口语化。然而，通俗化、口语化决不等于低俗化、口水化。

如何让当代诗歌回到诗歌本源？首先，我们的诗歌机构、文学机构和管理机构应该有所为，我们的报刊和各类媒体应该有所作为，我们的教育系统应该有所为，我们的诗人应该有所作为，各方面都要有所担当，要负责任，要有使命感，要对社会有导引和教化的作用。因此，我们呼吁从中国作家协会到省作家协会，包括负责文化和文学管理的各级党政机构应该好好思考和正视当前中国文学的问题、诗歌的问题和走向，真正起到一种正确有效的导引作用。这种导引作用并不是约束，不是绳索，是健康性、引导性的东西，各级作家协会、诗歌委员会，也应该有担当的责任感、使命感才行。然而，这种导引、责任和使命问题，非但发挥有限，反而在目前有一种现象非常值得我们警惕。那就是在我们的文艺管理机构的诗歌事业管理者中，在我们的报刊等媒体包括网络的编辑记者中，其实有不少人就是诗歌"乱象"的参与者、支持者和制造者。这是很要命的事情，不能不引起高度重视，尽快予以解决。

教育部门也至关重要。现在中国足球从娃娃抓起，整个体育系统的体制改革从这里突破，就是因为足球到了今天，已经影响国家形象和国民信心，影响一个国家民族的荣辱，再这样下去就会影响民族自尊心。诗歌现状有些类似，如果诗歌乱象走到今天中国足球这种地步，将很悲催，到时候要回来就很难了。因此我们也要从娃娃开始抓起，传统的诗歌教育、包括现代诗歌教育，应该从小学开始进入教材，要通过培育老师来引导学生。要在大中小学校设置诗歌课程，按照年龄特点设置诗歌鉴赏课、写作课。同时，文学家、诗人也要主动做进校园，为学校的文学教育和诗歌教育做义务服务。

同时，诗歌的本源是什么，建议在全国开展大讨论。中国诗歌的现状如何？中国诗歌的走向是什么？诗歌界要出来呼吁，要通过全媒体来呼吁，我们确实应该有所担当、有所作为、有所贡献。

近几年来，随着国家的强大，中华文化在世界上的影响力已与以往不同。古代中华文化曾经非常辉煌，当时尤其在欧洲的影响非常厉害，我们要重新回到、或者说走向这个盛世时代。清代以来为什么我们的文化影响力不大？最主要是国力走向薄弱，国家地位下降，国家地位下降带来文化传播力、影响力都不行。我们的文化很优秀，非常好，相信随着时间的推移，中华文化影响力将越来越大，包括诗歌的影响力。现在的问题是我们自己怎么样继承我们的传统，以及吸收国外诗歌的先进文明，来改革自己、完善自己、强化自己，从而回归中华传统诗歌本源，真正建立适合自己的中国当代诗歌文本。

后 记 | 小诗也许会有意料不到的大收获

最近几年来，我的业余文学创作重点放在大型史诗和舞台文本方面。每年的节假日，尤其是长假，我多数是关起门来创作，因此每年都有一两个大型作品出笼，至今已经完成了十几部。同时，对于一些比较成熟的作品，想方设法搬上舞台，比如主创的大型交响组歌《孙中山》，目前已在海内外演出十余场，还主创了大型电视艺术片《英雄珠江》、大型交响史诗《南越王赵佗》。这些作品除了演出外，还在中央电视台、广东广播电视台播出。

其实，在此同时，我依然坚持写一些有感而发的小诗和短诗，数量还不少。因为主要精力放在大型作品上，故一直没有时间将这些小诗短诗整理出版。今年年初，广东人民出版社的领导说："你的大作品影响很大，但我们知道你的小诗其实也挺棒的，何不结集出版？"

这就是这部诗集《雪下大了，世界就干净了》出版的缘由。

从 1974 年 5 月我的作品首次变成铅字开始，我的诗歌创作多以小诗为主，最初二十年出版的个人诗集，也是以小诗为主。但近二十多年来，外界一直将我列入"大诗"、政治抒情诗诗人的队伍，却忘记了我以前的创作和作品，有的人甚至以为我没有写小诗。看来，适时编辑出版这一

雪下大了，世界就干净了

部诗集，还是很有必要的。这些小诗，多数中不溜秋，少数作品质量不咋地，但有个别篇杂的确是得意之作呢！

就创作来说，我近几年还是想以大型作品为主，主要是考虑到广东，包括全国，有许多的重要题材缺乏作家关注，积极主动创作的人更少，有着太多的空白，自己在这方面有些经验，要争取多做。另外一个想法是，文学，包括诗歌，不能仅仅满足于在文学、诗歌的小圈子内交流，还要争取走进社会、影响社会。

实际上，我这些年正在有意无意地"淡出"诗人圈，而是更多地考虑诗与歌的结合、诗歌与舞台、诗歌与社会的结合。比如组织更多的朗诵和演讲活动，创作制作更多的歌曲，组织更多的诗书画乐采风和交流活动；特别是策划创作和排演更多舞台节目，通过演出、电视播放、网络传播等，按照时尚的说法就是"诗歌+"，让诗歌有更多、更丰富的受众，这样就能使文学包括诗歌，能够跳出"象牙塔"而走向社会。

这样做虽然困难极大，却非常值得，目前的成效也是很明显的。我将此当做了自己的事业来做，而且是一个百分之百的志愿者，完全是无偿的义务劳动。虽然碰到了许多的挑战和压力，但却觉得很开心、很快乐。在这里，我要向一直关心、支持我，与我一起做文化公益的领导、老师、朋友、同事、家人，致以衷心的感谢和崇高的敬意！

工作之余，大作品创作的闲暇，我还是会继续坚持写一些小诗、短诗的，只不过不会像创作大作品那样的刻意、执着，会很随意、随性。我想，大作品不一定就有大收获，

后记

✻
✻✻

小诗不一定就是小出息，说不定在随意、随性中，小诗、短诗会有意料不到的大收获呢！

丘树宏

2018 年 5 月 1 日

雪下大了，世界就干净了